文春文庫

その霊、幻覚です。

視える臨床心理士・泉宮一華の嘘 2

竹村優希

文藝春秋

目次

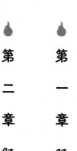

登場人物紹介

四《よ》ッ《つ》谷《や》翠《すい》

心霊案件専門の探偵。霊能を生業とする二条院の長男だが、“霊を視る力”を失い、今は跡取り候補から外されている。

泉宮一華《いずみやいちか》

宮益坂メンタルクリニックの臨床心理士。由緒ある蓮月寺の長女として生まれ、高い霊能力を持つ。翠と一緒に「心霊調査」をすることに。

タマ

翠が一華に貸した式神。普段は可愛らしい猫の姿をしているが、その正体は巨大なヒョウ。

イラスト・鳥羽雨

その霊、幻覚です。

視える臨床心理士・泉宮一華の嘘

2

ある日突然現れ、泉宮一華《いずみやいちか》の生活を引っ掻《か》き回した男、自称四ツ谷翠《よつやすい》の正体は、奈良で長い歴史を持つ、主に霊能を生業とする寺、二条院《にじょういん》の跡取り息子だった。

本名は、水無月《みなづき》翠。

正確には、二条院の、元跡取り息子。

元が付く理由は少々複雑で、翠は表向き行方知れずとなっており、現在は、弟の蒼《あお》が跡取り候補となっているからだ。

二条院が嘘をついている理由は、あくまで一華の想像だが、能力を失ってしまった翠を体《てい》よく跡取り候補から外すため。

そう思うに至った理由は、翠が口にした、「あの家に無能な人間は、要らないじゃん？」というひと言にある。

二条院といえば、一華の実家である蓮月寺《れんげつじ》と同様、奈良で霊能に関わる者なら誰もが知る高名な家系であり、跡取り息子が不注意で能力を失ってしまったなんて、言語道断。

もしそんな事実が表に出てしまえば、事情通である一華の母が表現していた通り、「由緒正しき二条院の名を汚した大事件」として、あっという間に悪い噂が広がってしまうだろう。

一華が偶然それらの事実を知ったのは、つい一週間前のこと。

少しずつ冷静になっていく頭の中で、一華は謎だらけだった翠の背景を少しずつ理解しはじめていた。

ただし、二条院と同じように、霊能師の血統と受け継いできた伝統をなにより重んじる実家、蓮月寺から少しでも距離を置きたい一華としては、正直、翠の実家の跡取り事情なんてどうでもよいことだった。

それよりも衝撃的だったのは、幼い頃によく遊んでいたはずの翠を、――仮にも初恋の相手だった人のことを、すっかり忘れていたという事実。

しかも、母や翠から過去のことを聞かされた今もなお、記憶は酷《ひど》くおぼろげで、思い出せたとは言い難い状況にある。

「……どうせなら、全部忘れたままでよかったのに」

アラームよりもずいぶん早く目覚めてしまった朝、一華はベッドの上でぼんやりと考えごとをしながら、ぽつりとそう呟《つぶや》いた。

起き抜けのひとり言が表しているように、最近は、暇さえあれば翠のことを考えてしまっている。

自分の初恋の相手であると判明したからといって、甘酸っぱい想像を巡らせているわけではない。

再会した翠の厄介さは、過去の儚《はかな》い思い出くらいで相殺《そうさい》されるような簡単なものではないからだ。

実際に、出会ってからこれまでのほんの短い期間に、平穏だった一華の生活は大きく変わった。

なにより翠の視力、――霊を視《み》るための視力を取り戻すために付き合わされている数々の心霊案件が、いちいち命懸けなのだ。

それでも協力をやめない理由は、他でもない。

翠は一華に協力を求めるにあたり、〝視力を取り戻した暁には一華の霊能力を封印できる人物を紹介する〟という条件を提示した。

それは一華にとって、昔から何度も望み続けてきた、これ以上ないくらい魅力的な条件だった。

霊能力さえ失ってしまえば、幼い頃から居心地が悪くてたまらなかった実家からの干渉がなくなり、事実上縁が切れるも同然だからだ。

一般的な家庭なら、能力如何《いかん》で家族の縁が切れるなど考えられないだろうが、代々高い霊能力を継承してきた、能力至上主義のど真ん中に位置する泉宮家では、そんなことが当たり前に起こる。

高い能力を持って生まれた一華は政略結婚に最適な駒《こま》であり、翠が言っていた「あの家に無能な人間は、要らないじゃん？」という台詞は、蓮月寺にも当てはまるのだ。

ともかく、翠の目的さえ果たされれば、一華はもう霊とは無縁の生活を送ることができるとあって、二人は協力関係となった。

つまり、すべてが計画通りにいけば、一華は本当の意味での平穏な生活を手に入れることができる。――の、だが。

翠が昔の知り合いであり、さらに、一華の生まれや能力のことを認識した上で協力を仰いだと知って以来、心の中では、翠に対して説明し難い複雑な感情が芽生えていた。

これが情なのかなんなのかわからないが、現に、ただの協力関係としてドライに考えられなくなってしまっている自分がいる。

もっとも気になっているのは、翠が従えている、酷く禍々《まがまが》しい気配のこと。

翠は以前、それを使ってあっという間に悪霊を消滅させてしまった。

手のひらからぬるりと現れた黒い影が、まるで餌《えさ》を捕食するかのように霊を飲み込んでしまう光景は、今も忘れられない。

翠はその気配を「式神のようなもの」だと説明していたけれど、翠が従えている他の式神たちとは、なにもかもが違っていた。

仮にも霊能一家で育った一華からすれば、その気配は明らかに、悪霊。

翠は悪霊と契約関係にあるのではないかという不安が、あれからずっと拭えないでいる。

正直、そんな例を聞いたことは過去に一度もなく、可能なのかどうかすら不明だが、ただ、ひとつだけわかっているのは、たとえどんな契約であっても、必ずそれ相応の対価が必要であるということ。

そして、契約の相手が強大であればある程に、対価もまた重くなるという原則がある。

もし翠があの悪霊と契約しているのなら、対価として考えられるのは魂そのもの、――つまり、翠は自らの命を対価として差し出したのではないかと、一華は密かに予想していた。

「……まったくの他人なら、別にどうでもいいって言えたのに」

ふたたび零《こぼ》した呟きに反応してか、式神のタマが一華のお腹の上でにゃぁと鳴き声を上げる。

一華はその背中を撫《な》でながら、深い溜め息をついた。

ちなみに、タマは普段キジトラ柄の猫の姿をしているが、その正体はヒョウであり、かつてはインドで呪いの材料として殺されたという壮絶な過去を持っているらしい。

改めて考えればそのエピソードも十分に異常であり、そんな式神を持つ翠になら悪霊との契約説もありえなくはないと、つい納得してしまう。

しかし。

「別に、私が口を出すことでもないんだけどね。本人も納得した上で従えてるんだろうから」

どんなに考えたところで、結局はいつもその結論に行き着く。

そもそも、翠が目的達成後にどう生きようと、最悪悪霊に残りの寿命を奪われようとも、他人がとやかく言う義理はない。

なにより、すべての霊を幻覚だと言い切っている臨床心理士として、介入してはならないラインがあるのだと、――そのときの一華は、ごく冷静に、そう思っていた。

第一章

「……で、なんでここにいるの」

「冷たくない？　久しぶりに会うのに」

東京渋谷《しぶや》、宮益坂《みやますざか》。

一華が臨床心理士として働く「宮益坂メンタルクリニック」のカウンセリングルームに、その日最後の相談者としてやってきたのは、翠だった。

「久しぶりって言うけど、たったの一週間じゃない。大体、ここには来ないって約束したはずだけど」

「いや、一華ちゃんが返信くれないからさ。外で待ってようかとも思ったんだけど、ウェブ見たら最終の予約枠が空いてて。ってことは、早く帰れるってことでしょ？　だったら、ここでも他所《よそ》でも同じことかなって」

「同じなわけないでしょ。ここは私の職場なんだから」

翠の滅茶苦茶な言い分をあくまで冷静に流しながらも、一華はパソコンを閉じてソファに移動する。

最後の予約が翠ならば、もう仕事は終了も同然だからだ。

すると、翠は満足そうな笑みを浮かべ、一華の正面に座った。

「実は、今日は真面目な相談があって来たんだ。ちょっとだけ強引だったことは謝るから、聞いてくれない？」

「ちょっとどころか、予約枠までチェックして、もはやストーカーだけど」

「さすがにストーカーしてる自覚はなかったけど、……でも、大概のストーカーはそう言い訳するんだろうね。……改めようっと」

「ともかく、しょうもない前置きはいいから早く話して。さしずめ、あんたの視力を奪った〝やばい霊〟の情報が入ったんでしょ」

どうせまた例の案件に違いないと、一華は当てつけのような言い方で、いつも通りの戯れの会話を流す。

ちなみに、翠は自分の視力を奪った霊を突き止めるための手がかりとして、〝やばい霊〟であるという、冗談のような情報しか持っていない。

翠いわく、視力を奪われたときの前後の記憶が、頭から綺麗に抜け落ちているとのこと。

その時点で普通は犯人捜しなど諦めそうなものだが、翠はわざわざ心霊案件専門の

「四ツ谷探偵事務所」を立ち上げてまで〝やばい霊〟の情報を集め、片っ端から確認しに行くという力業に出た。

しかし霊が視えないとなるとあまりに不自由であり、相棒として、一華に白羽の矢が立ったという所以《ゆえん》だ。

その結果、つい先日、一華に触れていれば霊が視えるという大きな発見をし、翠にとって一華の利用価値が格段に上がってしまった。

「そんなうんざりした顔しなくても。それに、今回はあいにく〝やばい霊〟案件じゃないんだ。前にウチで受けた依頼を手伝ってもらえないかっていう、切実なお願いをしにきたの」

「ウチってつまり、探偵事務所の方？　それを、なんで私が手伝うのよ」

「それは、どう考えても一華ちゃんが適任だから」

「どういう意味」

「実は、生前に一華ちゃんと同業だった霊が、言葉巧みに人を次々と自殺に追いやってるみたいで」

「……はあ？」

思わず間抜けな声を出してしまったのも無理はない。

自分と同業という話にも驚いたけれど、それ以上に、「言葉巧みに」という表現に強い違和感を覚えたからだ。

「つまり、霊が生きた人間相手にベラベラ喋るってこと？」

通常、霊が言葉を発することはあまりない。

あったとしても、そのほとんどが、死ぬ間際の感情や生前に発していた言葉を繰り返しているだけで、つまり明確な思考や意思を含まない無意味なものだ。

しかし、人を自殺に追いやる程に言葉を操るとなれば、一華が視てきた数々の霊の中でも、特異中の特異と言える。

一方、翠は一華がまんまと話に食いついたと踏んだのだろう、ニヤリと笑みを浮かべ、続きを口にした。

「そうなんだよ、めちゃくちゃ喋るらしくて。俺に相談してきたのは、そこで自殺を図ったものの未遂に終わった水原《みずはら》絵梨花《えりか》さんっていう女性の恋人で、沖野《おきの》秀一《しゆういち》さんって人なんだけど――」

翠が意気揚々と語りはじめたのは、とある雑居ビルで連続して起きた、投身自殺の話。

そのビルでは、ここ三年で五人もの人間が自殺を図ったらしく、未遂に終わったのは、半年前に自殺を図った絵梨花ただ一人。

その後、絵梨花が秀一に語った、自殺を図った当時の出来事に奇妙な点が多く、さまざまな違和感を覚えた秀一が、翠に相談を持ちかけたという経緯らしい。

「ちなみに、絵梨花さんを含む全員に共通点があって、自殺を図った当時にその雑居ビル内のテナントに勤務していたってことと、全員未婚だけど恋人がいたこと。相談された頃にいろいろ調べてみたんだけど、周囲の人間いわく、皆幸せそうで、自殺をするような素振りはなかったとか。……ただ、死ぬ間際まで幸せそうだったたって部分に関しては、最初の一人だけ当てはまらないんだけどね」

「最初の一人？」

「そう。そのビルで最初に自殺したのは、ビル内のメンタルクリニックで臨床心理士として働いていた、吉沢稔《よしざわみのる》って男。彼は、自殺する少し前に十年付き合ってた恋人を亡くしてるんだ。それ以降、人が変わったように笑わなくなったとか」

「臨床心理士……。つまり、さっき言ってた同業って……」

「そう。俺は、その吉沢センセイこそが、他の四人を自殺に追い込んだんじゃないかと思ってる。巧みな話術で心を操って、だんだん死にたくなるように誘導して。なにせ、吉沢センセイのカウンセリングの技術はかなり高かったって話だし。ついでに言えば、相当なイケメンだったみたいで、過去には、女性誌に取材されたこともあるらしいよ。〝天才イケメンカウンセラー〟みたいな見出しの特集が組まれたんだって」

「……外見はともかく、仮にもカウンセラーをしていた人間が、霊になって人を死に追いやってるってこと？」

「そういうこと。漫画みたいな話だよね」

まさにその感想の通りだと一華は思う。

ただ、翠と出会って以来、散々異常な経験をしているだけに、頭ごなしに否定することはできなかった。

「……で、その吉沢って男の仕業だっていう確信はあるの？」

「もちろんあるよ。なにより、未遂に終わった絵梨花さんの証言があるから。彼女は当時のことをはっきり覚えてはいないんだけど、自殺を図るまでの一ヶ月近く、ビル内で知り合ったカウンセラーの先生によく話を聞いてもらってたって、秀一さんに話してたんだって。そのカウンセラーと話してると、だんだん頭がぼんやりして、悩みが全部どうでもよくなって、……まあ結果的に、生きることすらどうでもよくなっちゃったっていう」

「なにそれ、全然笑えないんだけど。っていうか流暢《りゅうちょう》に喋るだけでなく、生きてる人間と区別がつかないくらい姿がハッキリ視えるってこと？」

「そういうことになるよね。ちなみに秀一さんもカウンセラーがきな臭いと思ったらしくて、絵梨花さんが自殺未遂した後に、そのカウンセラーを探したらしいんだ。でも、ビル内では、絵梨花さんから聞いた特徴通りの人間が見つからなかったんだって。ちなみに特徴っていうのが、〝同じビルに勤めるカウンセラーで、背が高い色白のイケメン〟

ってやつ。そこまで明確にわかってたら、普通は一瞬で見つかりそうなものじゃん？だから、不思議に思ってビルの管理者に聞いてみたら、『吉沢先生のことじゃないか』って教えてもらって。ただ、本人はすでに死んでるって聞いて、血の気が引いたんだって」

「……でしょうね」

「だからこそ、なにか霊的なものが関わってるんじゃ……って考えて、俺に相談したっていう流れ」

秀一がどれだけ混乱したかを想像すると、思わず溜め息が零れた。

ついでに言えば、もし秀一が相談を持ちかけたのが翠でなく自分だったなら、相当な難件になっていただろうと、考えただけで眩暈《めまい》を覚えた。

そんな一華の気持ちを察したのだろう、翠は苦笑いを浮かべる。

「でね、まあ今回は俺の目的とは関係なさそうなんだけど、そんな厄介な霊ならなんとかしてあげたいじゃん。知ってしまった以上、これからまた自殺が続いても寝覚めが悪いし」

「それは、まあ」

「ただ、視えない俺には、どうすることもできなかったわけ」

「……そもそも、視えない癖に心霊専門の探偵事務所を立ち上げること自体が無謀でしよ？」

「いやいや、うちに来る相談なんて、適当に追い払えば済むような軽い案件の方が圧倒的に多いし、その場合は気配さえわかればなんとかなってたわけ。でも、吉沢センセイの場合は、追い払ったところで他所でまた同じことをするかもしれないでしょ」

「つまり、私に捕まえろってこと？」

「もちろんそれが出来れば一番いいんだけど、今回はなにせ相手が特殊だから、そう簡単に捕まってくれない気がして。……ただ、会話が成立する程自我を残しているなら、説得すれば根本的な解決になるんじゃないかなって。というわけで、臨床心理士には臨床心理士を、っていう作戦を試してみたいんだ。ってなると、まさに一華ちゃんが適任でしょ」

「……そんな、まるで実験みたいな」

「後学のために実験も必要なんだよ。せっかく人を納得させる技術を持ってるんだから、使わない手はないじゃん」

どこかふざけた物言いに、一華は不満を露《あら》わに翠を睨《にら》む。

翠と話していると、霊能一家に生まれながら臨床心理士として幻覚説を主張している一華の状況を、茶化されているように思えてならない。

「……なんだか、白衣が間抜けに見えてくるわ」

「うん？」

「いや、こっちの話。まあ、手伝ってもいいけど」

「おお、意外とすんなり」

「ただ、何度も言ってるけど、もう勝手に予約を入れないで。この場所であんたの話を聞くのは、私の精神衛生上よくないから」

「精神衛生上……？　なんかよくわかんないけど、もう帰るから許してよ」

一華は条件付きで渋々受けたような体裁を繕いながら、正直、喋る霊という特異な存在に少しだけ興味を惹かれていた。

霊とは結局念であり、つまり生前の強い思いから生じたものだという考えが霊能師界隈での定説となっているのに、もし吉沢が自我を持っているとすれば、霊の概念自体がまったく変わってしまう。

それは、霊と無縁の生活を送りたいと願う一華ですらつい気になってしまうくらいに、大きなことだ。

そんな本音を知ってか知らずか、翠はずいぶんご機嫌な様子でソファから立ち上がった。

「じゃ、早速だけど、明日行こうよ。金曜だし」

「明日って、急すぎない？　そもそも、場所はどこなの？」

「四ッ谷だよ。俺の事務所から徒歩三分くらい。秀一さんは多分、うちの窓に貼ってる広告を見てフラッと来てくれたんじゃないかな」

「心霊専門なんて謳《うた》った怪しい広告を見てフラッと来る人なんて、どうかしてると思うけど」

「お陰様で、本気の人しか来ないよ」

「……なるほど」

心霊専門などという鼻で笑われそうな広告も、意外と理に適っているようだと一華は密かに納得する。

あまりに入りやすそうな雰囲気を醸《かも》し出してしまうと、この時代、悪意のある配信者の餌食《えじき》になりかねないからだ。

一華が頷くと、翠はカウンセリングルームの出口へ向かい、振り返ってひらひらと手を振った。

「じゃあ明日、終わった頃に迎えに来るね。ちなみに、あまり身構えなくていいよ。ひとまず一華ちゃんの力を借りて吉沢センセイの霊を視てみて、本気で危険そうな相手だと思ったら、消しちゃうつもりだし」

「消しちゃう……って」

「とにかく、全然心配いらないってこと」

「……………」

そういう話ではないと、こっちは例の黒い影を使うことを匂わせるような言い方に引っかかっているのだと思いつつも、口には出せなかった。

黒い影の件に関して、翠の口調はいつもあまりに軽く、逆に突っ込ませない雰囲気がある。

「じゃ、明日はちゃんと返信してね」

「……わかったたって」

翠が出て行った後、一華はソファの背もたれにぐったりと体を預けた。

そして、黒い影については自分が口を出すべきではないと、これまで繰り返し考えてきた取るべきスタンスを、心の中で再確認する。

しかし、それも、こうして翠と実際に会話をしてしまった後では、あまり上手くいかなかった。

どうしても、心のモヤモヤが晴れない。

これもすべて、過去のおぼろげな記憶のせいなのだろうかと、――ほとんど覚えてもいないのに、初恋とはここまで影響するものなのかと、一華はうんざりしながら白衣を脱いだ。

「ちなみに吉沢センセイって、精神科医でもあったんだって。ダブルライセンスってやつ」

翌日の終業後、一華は翠に連れられるまま、一旦翠の事務所に向かった。

そこで聞いたのが、吉沢のこと。

翠はサラリと言うが、精神科医になるには当然医師免許が必要であり、臨床心理士とは資格を取るまでにかかる期間や難易度がまったく違う。

「そうなの？　なのに、精神科医としてでなく、カウンセリングを主として働いてたってこと？」

「本人がどう考えてたかまではわからないけど、あくまで世間的には、カウンセラーとして有名だったみたいだよ」

「へぇ……。でも、両方の資格を取るってなると、よっぽど……」

よっぽど人の心を支えたい気持ちが強かったのだろうと、一華はそう言いかけて止める。

死後のこととはいえ、現在の吉沢は、多くの人を死に追いやっている張本人だからだ。

しかし。

「強い理想を持ってる人に限って、ひとたび心が折れたときは、真逆の行動に出る傾向があるよね。たとえば突発的に死を選んだり、犯罪に手を染めたり」

翠は、まるで一華の思考を見透かしているかのように、そう口にした。

察しのよさに戸惑いながら、一華は頷く。

「いち臨床心理士としては、さすがにそれは極論だと思うけど、……でも、否定はできない」

「お、当たってた」

「それで言うなら、吉沢さんの心が折れたキッカケは、やっぱり恋人の死なのかな」

「そりゃそうだろうね。なにせ、恋人の死因は自殺だし」

「え?……恋人の死因も自殺だったの?」

突然の衝撃的な報告に、一華は思わず目を見開いた。

すると、翠は慌てた様子で頷く。

「え、嘘、言ってなかったっけ」

「聞いてない……。んな重要なこと言い忘れないでよ……!」

「ごめんって! でも、昨日はあまり時間がなかったし……」

恋人の死因が自殺と知った瞬間、吉沢が死を選ぶに至った心境が、一華の頭の中で一気にリアルさを帯びた。

翠もまた、複雑そうな表情を浮かべる。

「精神科医兼臨床心理士でありながら、一番大切な相手の自殺を止められなかったなんて、どれだけ悔しかったか想像もつかないよね。どうしても自分を責めてしまうだろうし」

一華の頭を過《よぎ》っていたのも、まさに翠の言葉の通りだった。

同じ立場として、仕事とプライベートは別だと言いたい気持ちもあるが、当の本人からすれば到底納得できないだろう。

さらには、周囲から心無い噂を立てられ、より追い詰められた可能性も十分にある。

「想像してたより、ずっと救いがない案件……」

「一華ちゃんからすれば、尚更だよね……。あ、ちなみに俺は自殺なんて考えないから心配しないで」

「……あなたがどんな死に方しようと、他人の私にはまったく関係がないんだから、別に好きにして」

「言い方」

一華は軽々しく笑う翠に呆れながらも、本当は察していた。この不謹慎とも取れる態度は、一気に気分が沈んだ一華を慮《おもんぱか》ってのものだろうと。

勝手な想像に過ぎないとわかってはいるけれど、唯一記憶している大昔の翠の言葉が、――「俺を信じて」という強い言葉が、無意識的に一華に不本意な理解をさせる瞬間がある。

しかしすぐに、くだらないと自分の想像を一蹴《いっしゅう》し、一華は腕時計に視線を落とした。

「そろそろ出ない？　雑居ビルみたいにたくさんの人が利用する場所って、遅くなると関係ない霊が増えるから」

「確かに。あまり増えたら、一華ちゃんが怖がるしね」

「そういうことじゃない」

笑う翠を無視し、一華は事務所の出口へ向かう。

乱暴に扉を開けると、アルミ製の軽い造りであるにも拘《かかわ》らず、事務所の中に大きな音が響いた。

おそらく、部屋の中があまりにもガランとしているせいで、余計に音が響くのだろう。

事実、事務所の中には必要最低限の物しか置かれておらず、いかにも急拵《きゅうごしら》えといった様相だった。

「……ちなみに、視力が戻ったらここは畳む気？」

つい思いついたまま尋ねると、後を追ってきた翠が首をかしげる。

「うん？　なんで？」

「だって、視力が戻れば情報を集める必要もなくなるでしょ。というか、視力が戻った後はどうする気なの？」

「どう、って」

その瞬間、ほんのかすかに、翠の目に動揺が走った気がした。

それは明らかに素の反応であり、なんとなく見てはいけないものを見てしまったような気がして、一華は慌てて目を逸《そ》らす。

「いや、言いたくないなら別に、全然……」

「なんで一華ちゃんが動揺すんの？」

「なに言ってんの、私が動揺する理由がないでしょ。というか、たいして興味ないし、会話の流れで聞いただけだし」

「そこまで言う必要ある？」

そう言って笑う翠はすっかり普段通りだったけれど、結局、一華の質問には答えなかった。

そのせいか、一華の頭の中では勝手に妄想が進んでいく。

とはいえ、翠が高い霊能力に拘《こだわ》っている以上、視力が戻った暁《あかつき》に望むこととして考えられるのは、実家である二条院に戻ること以外に思いつかなかった。

そもそも翠は二条院の跡取りとして育てられていたのだから、うっかり視力を奪われたりさえしなければ、今頃当たり前にその道筋を受け入れているはずだ。

ただ、もしそうだとしても、由緒ある寺である二条院が、一度は失踪したと公表した長男をふたたび後継ぎに据えるかどうかは正直疑問だった。

同じ世界で育ったからこそ、それがどれだけ難しいことか、一華には嫌という程わかる。

翠は翠でいろいろ苦労がありそうだと、勝手な妄想だとわかっていながらも、一華は密かに翠に同情した。

そんなとき、横を歩いていた翠がふと立ち止まり、正面の雑居ビルを指差す。

「一華ちゃん、現場のビルはここなんだけど、……なんか、さっきからずっと神妙な顔してない？　もしかして本気で怖がってる？」

そう言われて咄嗟《とっさ》に我に返った一華は、慌てて首を横に振った。

「ち、違うの、つい考えごとを……」

「平気？」

「平気平気。別に、たいした内容じゃないから」

「ならいいけど。油断だけはしないでね。今回の相手は特殊なんだから」

「わかってる」

一華は頷き、改めて雑居ビルを見上げる。

それは十階建ての比較的小ぶりなビルで、とくに古めかしい感じはなかった。

ただし、フロア表示を見れば、現在埋まっているのは二階のネイルサロンと五階のバーのみで、他すべてにテナント募集と書かれている。

「ガラガラね……。まあ、三年で五人も自殺を図ったってなると、気味悪がられても仕方ないか」

「立地はいいのに勿体《もったい》ないよね。ちなみに数年前までは全フロアがほぼ医院で埋まってたんだけど、あっという間に撤退しちゃったんだって。まあ、医院はとくに、印象がね……」

翠はそう言いながらビルに立ち入ると、エレベーターを呼び、十階を押した。

「十階？　自殺現場って屋上じゃないの？」

不思議に思って尋ねると、翠は頷きながらも、上部に表示されたフロア案内を指差す。

「そうだけど、エレベーターが止まるのは十階までなんだ。ちなみに、吉沢センセイが勤めていたメンタルクリニックがあったのが十階で、絵梨花さんとたびたび会話をしてたっていう現場が、十階から屋上に繋がる階段の踊り場なんだって。多分、他の自殺者たちともそこで喋ってたんじゃないかな。秀一さんから相談を受けて以来何度か来てるけど、階段でそれっぽい気配を感じたことがあるし」

「……そう、なんだ」

その淀みない説明から、翠はこの案件に関して意外と本気で取り組んでいたようだと一華は察する。

仮にも探偵の看板を掲げている以上、無視はできない、くらいの軽い感覚で請《う》けたのだろうと勝手に思い込んでいただけに、それは少し意外だった。

ただ、そんな真面目な一面に感心する一方で、少し混乱もしていた。

「翠って実は、心霊専門探偵の稼業も結構気に入ってたりする？」

「え？……どうだろ。案外向いてるなとは思ってるけど、なんで？」

「もっと自分の目的本位な営業をしてるのかと思いきや、思ったよりちゃんとやってるみたいだから」

「つまり、見直したってこと？」

「全然違う。でも、そんなにポジティブだと生きやすいでしょうね」

「清々しい程ダイレクトな皮肉だね」

翠の笑い声が響くと同時にエレベーターは十階に到着し、ゆっくりと扉が開く。

一華は一歩足を踏み出し、すぐに立ち止まった。

辺りを漂う空気が、一階と比べて明らかに重苦しく感じられたからだ。

「なんだか、この階……」

「ね。明らかに気配が多いよね。でも、ここにはヤバそうなのはいないから、まだ警戒しなくて平気だよ」

「ずいぶん平然と言ってくれるけど……」

「それより、まずは例のメンタルクリニックがあった場所を見ておかない？　せっかく鍵を預かってきてるし」

　戸惑う一華を他所に、翠は当たり前のようにポケットから鍵を取り出し、一華の前に掲げた。

「……鍵なんて、どうやって入手したの？」

「普通に借りてきたんだよ。いずれにしろ、自殺現場の屋上に行くにも鍵が必要だからさ」

「普通に……？　いったいどんな説明をすれば普通に鍵を貸してくれるの？　こんな、いかにも怪しい部外者に」

「まあ、通常ならいろいろと面倒な嘘をつかなきゃいけないんだけど、このビルのオーナーとは少し面識があって、ほぼ正直に伝えたよ」

「まさか……、心霊調査をします、って？」

「うん。なにせ、自殺騒ぎに一番困ってるのはオーナーだし、それが解決するなら霊能師だろうが探偵だろうが、誰でもいいから頼りたいみたいで」

「……なるほど」

「内見したいって要望もまったく来ないし、なんなら解決するまで鍵を持っててくれって勢い」

　視えない人たちは大概、一華たちのような人間を拒絶するか受け入れるか極端に分かれるが、幸いオーナーは後者らしい。

ただし、それが極めて珍しいパターンであることは言うまでもなく、一華は、心霊専門の探偵業にもいろいろ面倒が多そうだとしみじみ思った。

やがて翠は廊下を進むと、左手にある元メンタルクリニック入口の鍵を開け、躊躇《ため》らいもなく足を踏み入れる。

当然ながら中はガランとしているが、入ってすぐにある大きなカウンターや、椅子がそのまま残されている待合室らしき空間は、一華にとって馴染み深い雰囲気だった。

「結構綺麗だし、すぐにでも開院できそうでしょ。クリニックを閉めてまだそんなに経ってないってのもあるけど」

「確か、吉沢さんが亡くなったのは三年前よね。その後は、ここでどれくらいの期間続けてたの？」

「本当にごく最近までだよ。カウンセラーが自殺ってなると、評判は下がる一方だっただろうから、三年弱はかなり粘った方だよね。今は名前を変えて別の場所に移ったって聞いてる」

「なるほど。つまり、絵梨花さんを含む自殺者たちは、吉沢さんがカウンセラーだって聞いて、ここで働いてる先生だと思い込んだってことね。……だったら、クリニックが閉院した今はもうそんな勘違いは起こりようがないし、被害はなくなるんじゃないの?」

「それがさ、このビルのネイルサロンで働く若い女の子たちの間で、今もなお、イケメンの医者がビルに出入りしてるって噂になってるみたいで。ちなみに、怖いとかネガティブな方の噂じゃなくて、テンション高めな方。……つまり、ビル内に医院があろうがなかろうが、関係ないみたい。重要なのは、イケメンであるか否か」

「その子たちも霊だって気付いてないんだ……。っていうか、ネイルサロンの女の子たちにまで聞き込みしたの?」

「そりゃ、次の標的になりかねないから。現に、吉沢センセイらしき男を視た子がいるわけだし。……なに、もしかして妬いた?」

「……馬鹿馬鹿しい」

冷たく一蹴すると、辺りに翠の笑い声が響く。

もはや予定調和でしかないやり取りだが、実は翠が初恋の相手であるという過去を持つ一華としては、なんとも言えない複雑な気持ちもあった。

言うなれば、幼い頃の思い出を汚してしまっているかのような。

しかしそんな苦情をぶつけられるはずはなく、一華は無理やり気持ちを切り替え、さらに奥へと進む。

すると、院内の廊下沿いに診察室や処置室らしき部屋が続き、一番奥には、ひときわ広い部屋があった。

　中に入ってみると、その部屋だけ柄の入ったクロスが貼られ、他と明らかに違う柔らかい雰囲気から、おそらくカウンセリングルームだろうと一華は思う。

　そして、ごくわずかではあるが、この部屋の内装にそぐわない異様な気配を感じた。

「吉沢さんが働いていた当時に使ってた部屋、多分ここだと思う。……もしかしたら、霊になった今もときどき立ち寄ってるのかも。すごく曖昧《あいまい》だけど、気配の余韻《よいん》のようなものがあるから」

　そう言うと、翠は頷きながら、小さく首をかしげた。

「俺も、そう思うんだけど……」

「……なに？」

「なんかさ、ここも含めて全体的に気配が大人しすぎて、逆に嫌な感じがするんだよね。吉沢センセイのせいで三人死んだっていうのに、残ってる気配には、吉沢センセイを恨んでるような感情が全然伝わってこないなって」

「……つまり、どういうこと？」

「自殺者たちは皆、思い残しも後悔もなく、当然無理やり死を選ばされたっていう感覚もなく、普通に浮かばれたんじゃないかってこと」

　翠がそう言った瞬間、頭で理解するよりも早く、一華の背筋がゾッと冷えた。

もし本当に浮かばれているとすれば、三人ともが、本来なら選ぶはずのなかった死に対し、いっさいの迷いがなかったことを意味する。

一華の経験上、自殺で綺麗に成仏できることはほぼないが、吉沢がそれを可能としたのならば、もはやカウンセラーの話術云々を超越し、催眠術に近いものがある。

「そんな奇想天外な話、とても信じられない……」

「あくまで、気配で判断するならって話だけどね。ただ、自殺者たちが苦しんでないっていうのは不幸中の幸いっていうか」

「不幸中の、幸い……？」

「やっぱ、プロの技術っていうか、常人には到底できないことが――」

「なにがプロよ……！　人を救うどころか、殺してるのに……」

「い、一華ちゃん？」

急に大きな声を出した一華に、翠がビクッと肩を揺らした。

その様子を見てもなお冷静になれず、一華はさらに言葉を続ける。

「一緒に、してほしくない……」

「え、いや、さっきのは一般論っていうか、単純な可能不可能の話を……」

「ともかく、ここは自殺現場じゃないんだから、屋上に行けば恨みや無念が残ってるかも。……早く行きましょう」

「でも俺、屋上も何度も見てるし……」

「視えないじゃない」

「え、でも俺」

「視てないんだから、まだわからないってば」

あまり意味のない反論だと、一華にもわかっていた。なぜなら、気配を察する能力に関して、一華は翠に遠く及ばない。

それでも言わずにいられなかった理由は他でもない、自分が人の心を救うためにやっている仕事は、逆に命を弄《もてあそ》ぶことも可能であるという怖ろしさに吉沢の所業によって気付いてしまい、それがあまりに受け入れ難かったからだ。

吉沢が極めて特殊なケースだということは、わかっている。

だとしても、絶対にあってはならないと、万が一事実ならばこれ以上続けさせてはならないという思いが、一華の中で徐々に膨らんでいた。

「とにかく、屋上に」

一華はそう言うと、翠を残して廊下へ戻ろうとする。

しかし、そのとき突如、翠が一華の手首を摑《つか》んだ。

「ちょっ……、待って一華ちゃん」

「なによ」

「やっぱ、今日は中止しない？」

「は？」

この局面でのまさかの言葉に、一華は面食らう。

また無意味な冗談かとも思ったけれど、翠はいつもの軽薄な笑みをすっかり収め、真剣に一華を見つめた。

「とにかく、今日は一旦帰ろう」

「なに言ってるの、今さら」

「えっと……、もうちょい準備したいっていうか、その」

「そうやって誤魔化す気なら、私は一人でも行く」

「待っ……、だからその、……俺、間違ってたかもしれないって思って。今、急に」

「間違いって、なに」

「君が適任だって言ったこと。むしろ、逆なんじゃないかって思えてきて」

「どういう意味？　はっきり言ってよ」

「だから……、一華ちゃんが負う必要のない責任まで、過剰に抱え込ませちゃったんじゃないかって」

そこまで言わせて、一華はようやく、自分はどうやら心配されているらしいと気付いた。

　確かに、一華は今、同じカウンセラーとして、自分がなんとかしなければという責任を自ら背負っている。

　しかし、翠の心配など、今さらブレーキにならなかった。

「責任感じてから言われたってもう遅いのよ。ともかく、吉沢なんて悪徳カウンセラーは私が絶対になんとかしてやるから心配しないで」

「そうやって感情的になるのが一番よくないんだって……！」

「私が理性的に挑もうが感情的に挑もうが、別にいいでしょ」

「よくないよ、向こうは心の隙につけ込むことに長けてるんだから」

「私に隙なんてない」

「だから、その怒りこそ隙なんだってば……！」

　翠は必死に止めようとするが、一華はそれを無視して足早に外の廊下に出ると、天井から吊り下げられた案内表示を頼りに屋上へと続く階段へ向かう。

　階段は元メンタルクリニック入口のさらに奥にあり、飾り気のない戸を開けると、思ったより幅の広い階段が上下に続いていた。

「吉沢は、この先の踊り場で皆を唆《そその》してたってことね。最初に聞いたときはとても信じられなかったけど、こんなに薄暗い場所なら、人間だと勘違いしても無理はないのかも。もちろん、相当敏感なタイプの人に限られるんだろうけど」

「ねえ、一華ちゃん……」

「しつこいな。自分が巻き込んだくせに、やれとかやるなとか言って振り回さないでよ。そもそも、私にはもう止める気なんてないんだから、あんたも覚悟決めて」

「………………」

強めな口調でそう言うと、返す言葉がないのか翠は口を噤《つぐ》む。

しかし、突如大袈裟《おおげさ》な溜め息をついたかと思うと、強引に一華の手を引き、階段を上りはじめた。

「ちょっ……」

「は？」

「良くも悪くも変わってないんだよなぁ、その正義感と頑固さ……」

「なんでもない。とりあえず、今から手を繋いでおいて。屋上に出たら、すぐに現れると思うから」

「………………」

思うことはいろいろあったけれど、翠がぽつりと零した「変わってない」という言葉がなんだか引っかかって、一華はふと思考を巡らせた。

しかし、過去にも似たようなことがあったのだろうかと記憶を辿《たど》ってみたものの、とくに思い当たるものはない。

ただ、前にも感じた通り、強く握られた手の感触と体温には、不思議な懐かしさがあった。

やがて階段を上りきった翠は、屋上に続くドアの鍵を開けてドアノブに手をかけ、一度振り返る。

「確かに巻き込んだのは俺だし、振り回してるのも事実だから、決行するけどさ」

「……けど?」

「もし一華ちゃんが危ないときは、余計なことは考えずに俺が消すから、そのときは食い下がらないでね」

「…………」

一瞬、翠の目が、例の黒い影を扱っていたときのような冷酷さを帯びた気がして、一華は思わず息を吞んだ。

翠の「俺が消す」という言葉が意味するのは、言うまでもなく、黒い影を使うということ。

その禍々しさは他に類を見ず、一華は初めて目にした瞬間から、自分には到底手に負えない、扱うことすら無理な相手だと察した。

翠が扱う黒い影は、一華にとってそれくらい、――一応味方だからと安心していられないくらいの、脅威だった。

しかし、今は余計な不安を増やしている場合ではなく、一華は最悪な展開を考えないよう頭を切り替え、上着のポケットに忍ばせている試験管にそっと触れる。

「あんたが無理やり消さなくても、私が捕まえれば済む話でしょ」

そう言うと、翠はやれやれといった様子で肩をすくめた。

「だから、そう簡単に捕まってくれるような相手じゃないって言ったじゃん。もちろん説得できれば一番だけど、今の一華ちゃんはちょっとそういう気分じゃなさそうだし、結果的に消すことになると思うなぁ、俺は」

「舐《な》めないで。……ともかく、早く行きましょう。いずれにしろ、会ってみないとわからないんだから」

「わかったよ……」

翠は苦笑いを浮かべ、ようやくドアをゆっくりと開ける。

途端に、季節にそぐわない冷たい空気が流れ込み、一華の不安を煽った。

おそるおそる辺りを見回してみると、屋上には一華たちがいる階段室の他にもいくつかの塔屋と大きな貯水タンクがあり、スペース自体は思ったよりもずっと狭い。

塔屋の壁には、今は使われていないらしいベンチや物干し台などが、畳まれたまま立てかけられていた。

「今のところ、明確な気配はないね」

「そうだけど……、それより、屋上って普通に開放されてたの？　ベンチが置かれてたみたいだし」

「いや、一般開放されてたわけじゃないよ。でも、テナントには鍵が渡されてたみたい。医院が多かったから、洗濯物を干す場として重宝するだろうし。もちろん、自殺者が出てからは、鍵の管理を厳重にするようそれぞれのテナントの管理者に念を押してたみたいだけど」

「口で言うくらいじゃ、あまり意味がなかったのね」

「そりゃ、自殺者全員にそういう気配がまったくなかったわけだから、どこの管理者も、うちは関係ないって思ってただろうね」

「それは、そうかも」

一華は納得し、ひとまず、屋上を囲っているフェンスの前まで足を進める。

フェンスは二重になっていて、高さ百五十センチ程の一般的なフェンスのさらに奥に、上部が手前に傾いた、いかにも頑丈なものが設置されていた。

連続する自殺者に困り果てているというオーナーの心情が表れている光景だが、小ぶりなビルにそぐわないこの厳重さが、むしろ物々しさを醸し出している。

「一応聞くけど、自殺者は皆、このフェンスを乗り越えて飛び降りたってこと？」

「確か、外側にある大きいフェンスが設置されたのは二人目の自殺者が出た後だって聞いたから、後の三人はそうなるね。どんなに厳重に対策したところで、一度やるって決めた人間には抑止力にならないんだよ」

「でも、よっぽど強い催眠状態じゃないとそんなことには……。普通は、上ってる最中に我に返りそうだけど……」

「それくらい、吉沢センセイの話術が凄……じゃなくて、やばいってことでしょ。だから俺は、一華ちゃんの精神状態がもっと落ち着いてるときの方がいいんじゃないかってさっきから……」

「いちいち言い直さなくても、もういきなり怒ったりしないから心配しないで。それにしても、私が人生に希望を見出したカウンセラーという神聖な職を、なんてことに使ってくれるのよ……」

「いや、それもう十分怒っ――」

翠が不自然に言葉を止めた理由は、確認するまでもない。

その瞬間、一華もまた、極めて異様な気配を感じていた。

おそるおそる視線を泳がせると、一華たちからほんの数メートル離れた先に、突如、白衣姿の男が浮かび上がる。

フェンスに背中を預けるようにして立つその男は、背が高く、色白で、顔は驚く程整っていた。

まさに絵梨花の説明通りのその特徴から、この男こそ吉沢で間違いないと、一華は思う。

吉沢からは、ほとんどの地縛霊から溢《あふ》れ出ている怒りや無念はほぼ感じ取れず、むしろ、どこにでも彷徨《さまよ》っている類《たぐい》の浮遊霊さながらに、逆に気味が悪いくらいに凪《な》いだ空気を纏《まと》っていた。

さらに、その姿は想定をはるかに超える程、はっきりとしている。

翠もまた、にわかには信じ難いとばかりに、一華の手を離したり握ったりを繰り返しながら、吉沢の姿を確認していた。

「……あなたが、カウンセラーの吉沢?」

普段の一華ならもっと戸惑う場面だが、燻《くすぶ》り続ける怒りのせいか、または吉沢の姿が生きた人間とあまりに近すぎるせいか、恐怖も不安もあまりなかった。

吉沢はゆっくりと一華に視線を向け、薄い笑みを浮かべる。

そんな反応ひとつとっても、これまで対峙してきた霊たちとはまったく違っていた。

「どうして、関係ない人を自殺に追い込むの」

一華の問いかけに、返事はない。

「目的は、なに」

さらに問いを続けても、吉沢はただ微笑むばかりで、纏う空気にもいっさい変化はなかった。

「一華ちゃん、気をつけて。向こうの感情がまったく読めないし、なんだか想像以上に気配が異様だから」

翠が警戒心を露わに、一華と繋いだ手に力を込める。

一華もまったく同じ感想を持っていたけれど、それでもなお、怯《ひる》む気持ちはなかった。

「そっちが黙ってる気なら、時間の無駄だから捕まえるけど」

一華はそう言いながら、上着のポケットに手を入れ数珠《じゅず》を手首に通す。

すると、吉沢はそんな一華の動作を見つめながら、ようやく口を開いた。

『君は、いつか、願いが叶うと思ってるんだね』

あまりに穏やかな口調に、一華は思わず目を見開く。

「は……？」

『努力や強い思いが、いつか報われると思ってる。……でしょう？』

正直、一華は動揺していた。

吉沢が語った内容にではなく、生きた人間となんら変わりない、その語り口に。

「いったいなんの話をしてるの」

『強がっても、君の動揺は伝わってきてるよ。他人の僕を誤魔化したって意味がないんだから、吐き出してしまえばいいのに』

「だから、なんの話を……」

『君をずっと悩ませている強い呪縛《じゅばく》の話を』

酷く抽象的な言い方だったけれど、吉沢が「呪縛」と言った瞬間、一華の頭のずっと奥の方に、実家である蓮月寺のことが過った。

思えば、無理やり実家の管理下から抜け出しもう何年も経つけれど、一華は今もまだ、いつか連れ戻されるのではないかという不安から逃れられていない。

それは、まさに消えない呪縛のように、しつこく一華を悩ませ続けていた。

なんだか心を見透かされた気がして、一華は思わず目を泳がせる。

一方、こうして多くの人に当てはまるような抽象的な表現をして、相手の反応を窺《うかが》いつつ心を覗《のぞ》くやり方こそ、悪徳な占いや霊感商法にありがちな手段であると、冷静に分析している自分もいた。

そんな手に引っかかるわけにはいかないと、一華は実家のことを無理やり頭から追い払い、吉沢を睨む。

「私のことはいいから、あなたの目的を教えて」

冷静に問いかけたつもりだったけれど、ほんのわずかに残った動揺のせいか、語尾が小さく揺れた。

吉沢は、それを見逃さないとばかりににやりと笑う。――そして。

『君は解放されないよ。この先、一生、奴隷《どれい》も同然だ』

吉沢は突如語調を強め、一華の視線を捉えてそう言い放った。

「なに、言っ……」

そのあまりの圧に、心臓がドクンと揺れる。

反論する隙は、与えられなかった。

『君はとても大きな力の下で、ネジのような小さな役割をただただこなし続ける運命なんだから』

「私が聞いているのは、そういうことじゃ、なくて……」

『ネジなんて、単体ではまったく意味のない、一つ壊れようとなんら影響を及ぼさない虚しい存在だよね。どんなに粘って抗っても、ただただ摩耗して、小さくなっていくだけだ』

「だから、質問に……」

『その上、自ら役割を放棄しようとすることは、絶対に許されない。必要かどうかではなく、空いたままのネジ穴にはネジが必要だという、ただそれだけの理屈で』

「………」

『だから、ネジ穴が空いている限り、逃げても逃げても何度も連れ戻される。運命を切り拓けるなんて、——ただの、思い込みだ』

その瞬間、一華の頭の中には、もはや止められない勢いで、幼い頃の記憶が蘇《よみがえ》っていた。

家族の中でひとり母家ではなく離れで暮らしていた幼い頃、両親が顔を見せに来ることはほとんどなく、一華は入れ替わり立ち替わりやってくる講師たちから、良家に嫁入りすることだけを目的とした教育をただひたすら受け続けていた。

これが蓮月寺に生まれた女の務めなのだと、日々言い聞かされながら。

それを息苦しいと思うようになったキッカケとして、特別明確なものはなかったように思う。

ただ、世の中のことを知っていくごとに、日々積もり積もった疑問や鬱憤《うつぷん》が限界を超え、ふと、――この家はおかしいのではないかと思ってしまったが最後、どうやったらここから抜け出せるだろうかと、日々それればかりを考えるようになった。

とはいえ、蓮月寺が何百年も守り続けてきたものの大きさを理解していたぶん、ただ不満を零しても意味がないことは嫌という程察しており、そんな一華が選んだのが、大学進学のための上京。

自由な時間を少しだけ与えてほしいと、暗に、嫁入りするまでの間だけだと匂わせながらの説得が叶ったときは、まさに、自分の力で呪縛から抜け出せたと歓喜した。

あのとき覚えた、背中から羽が生えたかのような体の軽さは、今も忘れられない。

——しかし。

『残念だけど、なにもかも、独りよがりだよ』

淡々と語る吉沢の言葉が、一華の潜在的な混沌に見事にフィットしていて、気付けば、心はすっかり不安で覆われてしまっていた。

『君が解放されたいなら、方法はひとつしかない』

吉沢は、そんな一華の心の機微《きび》を熟知しているかのように、また語調を一段と強める。

心の中では、これ以上聞いては駄目だと必死に抗っている自分もいるのに、記憶の中で苦しんでいるかつての自分が、その続きを知りたいと訴えていた。

吉沢は依然として一華の目を捉えたまま、さらに言葉を続ける。

『その方法を使えば、君はようやく呪縛から解放され、とても安らかな気持ちになれる。もう悩む必要なんてなくなるんだ。永遠に』

「…………」

まるで、心がじわじわと侵蝕《しんしょく》されていくような感覚だった。

このまま吉沢の声に心を委ねれば、本当に楽になれるのではないだろうかと。そんな考えすら浮かびはじめる。——しかし。

『信じていいよ。それは、僕の大切な人も選んだ方法だから』

吉沢が「大切な人」と口にした瞬間、——唐突に、我に返った。

わずかに残っていた冷静な思考が、吉沢の言葉から覚えた強烈な違和感を逃さなかったからだ。

「……その、大切な人は、今、どこにいるの」

ぽつりと零した問いで、完璧に凪いでいた吉沢の気配が初めて揺れる。

「……あなたの傍に、いないじゃない」

その言葉の通り、違和感の正体とは、吉沢が〝大切な人〟と表現した相手らしき気配が、どこにも見当たらないこと。

恋人の後を追って霊となった吉沢は今、どう見ても孤独だった。

答えを待つ間も、空気は徐々に張り詰めていく。

一華はそれを吉沢の隙だと見て、さらに言葉を続けた。

「あなたは、選ばれなかったのね。それって、大切な人が望んだ安らかな場所に、あなたは必要なかったってこと？」

返事はない。

さっきまで流暢に語っていた吉沢は、もはやすっかり口を閉ざしていた。

同時に、一華は察する。

カウンセリングの才能と技術を悪用して自殺に追い込み、幸せな恋人同士ばかりを引き裂いた本当の理由は、結局、ただの八つ当たりに過ぎないのだと。

「独りよがりなのは、あなたの方じゃない。もっともらしい言葉を並べて人を自殺に追いやって、スッキリした……？」

『——僕　は』

「しないでしょうね。何人引き裂こうと、あなたが今とても孤独だっていう事実に変わりはないんだから」

その瞬間、辺り一帯が、地震のように激しく揺れた。

さっきまで涼しい顔をしていた吉沢は弱々しく膝をつき、しかし怒りを露わに一華を睨む。

それでも、不思議と恐怖はなかった。

むしろ、まだまだ言い足りなかった。

「なにがネジよ。空っぽのネジ穴を持ってるのはあなたの方じゃない。あなたは、ネジに見捨てられた使い道のない機械と同じだわ」

『ぼ　くは　　ようと　　れ』

「自分の感情をコントロールできないくせに、〝天才カウンセラー〟だなんて馬鹿みた——」

「——一華ちゃん！」

一華の勢いがようやく止まったのは、背後から腕を引き寄せられた瞬間のこと。

よろけた一華は翠に背中を抱き止められ、途端に我に返った。

視線を上げると、すぐ目の前にはヒョウに姿を変えたタマがいて、吉沢を威嚇《いかく》している。

まるで夢から覚めたような感覚に、一華は翠を呆然と見上げた。

「あれ……？」

「あれ？　じゃないよ。一華ちゃんは奴の意識の中に引き込まれてたんだ」

「嘘……、いつの間に……」

「だいぶ序盤から。何度呼んでも返事がないし、もう無理やり連れ帰ろうかと思ってたところだけど、気がついて本当によかった」

「じゃあ、さっきのやり取りは……」

混乱が冷めやらないまま辺りを確認すると、確かに吉沢は、姿を現したときと変わらずフェンスに背中を預けていた。

つまり、一連の会話はすべて吉沢の意識の中で行われたことだったのだと、この状況から一応理解した——ものの。

吉沢の意識と現実との間にほぼ境目がなかったことに、言い知れない恐怖を覚えていた。

もちろん、こうして抜け出してさえしまえば、意識の中に翠やタマの気配を感じなかったことも含め、現実との違いは明確にわかる。

ただ、あの場では、吉沢の不思議な声のトーンに呑まれてか、なんの疑問も浮かばなかった。

もし翠が声をかけてくれなかったなら、あのまま自分の意識が完全に絡め取られてしまっていた可能性すらある。

そして、一華は察していた。

自殺者たちも皆、吉沢の意識の中で、——誰の邪魔も入らない場所でじっくりと、死こそ救いであると説かれたのだと。

寺に生まれ、人より精神が鍛えられる環境にいた一華ですらもまんまと心を侵蝕されかけたのだから、普通の女性を唆すのはさぞかし簡単だっただろうと一華は思う。

そう考えると、ふたたび激しい怒りが込み上げてきた。

「……翠、迷惑かけてごめん。あまりにブチ切れてたせいで、あいつの意識の中にいることに気付いてなかった」

「……ブチ切れてたの？」

「でも、もう大丈夫。あの孤独なカウンセラーもどきの八つ当たり野郎は私がなんとかするから、タマと一緒に下がってて」

一華はそう言ってゆっくりと立ち上がり、手首の数珠を外して握る。

しかし、一歩踏み出した瞬間、翠が咄嗟に一華を制した。

「いや、ちょっ、待って」

「なんで止めるのよ」

「そうじゃなくて、よく見て。……なんか、一華ちゃんが戻ってきたあたりから、向こうの様子がおかしいっていうか、気配が明らかに弱ってて……。もう少し、様子を見たい」

「え……？」

そう言われて改めて吉沢の様子を観察すると、確かに、余裕の笑みを浮かべていた唇は堅く引き結ばれ、目は小さく揺れている。

明らかに、最初に視たときとは様子が違っていた。

「なに、あれ……、どうなってるの」

「いや、わかんない。でも、一華ちゃんがあの人の意識の中でブチ切れたってこと以外なにも起きてないから、それが影響してるとしか。……ってか、なに言ったの？」

「なにって、……思い浮かぶままに、いろいろと」

「〝孤独なカウンセラーもどきの八つ当たり野郎〟みたいな？」

「まあ、近いことを」

「それが案外的を射たのかな……。カウンセラーが説得に使う言葉とは思えないけど、口喧嘩って意味では勝ったってことかも」

「なにそれ……、言葉で人を殺す癖に、自分は打たれ弱すぎでしょ」

「ともかく、説得してもらうっていう当初の予定とは違っても、最終的に言い負かしてあんなに弱ってるなら、結果オーライだよ」

翠はそう言って、余裕の笑みを浮かべる。

その様子から判断するに、もう吉沢に対してさほどの危険を感じていないのだろう。

ただ、一華の気持ちは、まだ収まらなかった。

「口喧嘩って言われるのは不本意だけど、翠が言った通り、説得する気は起こらなかったのよ。あまりに胸糞《むなくそ》悪くて、つい、私情が――」

「私情？」

「……なんでもない」

本当は、自分がずっと抱えていた大きな不安に付け込まれ、こっちが打ちのめされかけていたなんて言えなかった。

そういう結末も十分あり得たと思うと、今になって指先が震えた。

そんな一華の様子に、翠がふと眉を顰《ひそ》める。

「一華ちゃん？　どうかした……？」

「だから、なんでもないって。ともかく、奴はなんとしても私が片付けるから、翠は離れて」

一華は無理やり動揺を誤魔化し、翠から離れる。

そして、ポケットの中から試験管を取り出した。

「もう一分でもあの顔を見ていたくないから、さっさと捕まえるわ。……弱っていようがたとえ無害だろうが、こいつだけはなにがあっても放置したくないし」

一華はそう言って足を踏み出し、吉沢との距離を詰める。

しかし、そのとき。

ふたたび、翠が一華の手首を摑んだ。

「ちょっ……、今度はなによ！　また邪魔するの？」

苛立ちを露わに振り返るやいなや真剣な視線に射貫かれ、一華は思わず硬直する。そして。

「……奴に、なに言われた？」

翠は、自らの象徴とも言える軽さも笑みもすべて収め、一華にそう尋ねた。

「は……？」

「なにか、言われたんだよね？」

「だから、言ったのは私の方だって、さっきから……」

誤魔化したつもりが、大きく目が泳いだ。

不自然だとわかっていながらも、一華はつい翠から視線を逸らす。

すると、翠はそれですべてを察したとばかりに、一華を自分の背後に隠した。

「一華ちゃんはもう十分過ぎる程働いてくれたんだから、やっぱり後は俺に任せてよ」

口調こそ普段通りだが、静かな怒りの滾《たぎ》った声に圧倒され、一華は口を噤む。

翠は、そんな一華の手を後ろ手にぎゅっと握り、さらに言葉を続けた。

「そもそも、一華ちゃんが妙な責任を背負う必要ないんだし、たとえ私情を挟んでいようが、全部自分でやる必要はないんだから」

「翠……」

「じゃないと、俺はまた役立たずで終わる」

翠はそう言うと、一度振り返って一華と目を合わせる。

普段の一華ならなおも反論する場面だったけれど、そのときはなんだか翠の気迫に圧《お》され、小さく頷くことしかできなかった。

そのとき一華の頭を過っていたのは、翠は、あの黒い影を使う気ではないだろうかという不安。

なぜなら、翠から伝わってくるどこか冷酷な気配が、以前の診療所跡の調査で、元凶となった医師の霊を前にしたときと、あまりに似ていたからだ。

翠はあの医師の魂を黒い影に食わせ、跡形もなく消滅させるというもっとも救いのない手を使った。

あの瞬間を思い出すと、どうしても胸騒ぎが止まらない。

「じゃあ、一華ちゃんは俺の後ろにいてね。動きにくいだろうけど、手はこのまま繋いでて」

「…………」

「タマは一華ちゃんのこと見ててね」

翠の指示で、タマは吉沢への威嚇を止め、一華の横に寄り添う。

翠はそれを見届けた後、吉沢の正面まで足を進め、その顔の前に手を掲げた。

「――待って」

止めたのは、なかば無意識だった。

繋いだままの翠の手が、ピクリと反応する。

「どした？」

口調は穏やかだけれど、翠が纏う空気にはわかりやすい程怒りが滲《にじ》んでいて、もはや隠そうとする意思すら感じられなかった。

正直、一華には、翠が吉沢に対して急に怒りを露わにした理由がよくわからない。

ただ、唯一思い当たることがあるとすれば、翠がさっき口にした、「奴に、なに言われた？」という、心配の滲む問い。

さすがに自意識過剰だと思う一方、自分のために怒ってくれているのではないかと考えた途端、なんだか胸が締め付けられた。——そして。

「やっぱり、私がやりたい」

口を衝《つ》いて出たのは、勢い任せの言葉。

途端に翠が振り返り、大きく瞳を揺らす。

「え……？」

「やっぱり、どうしても、自分で捕まえたいのよ。弱ってるなら、私にも簡単にできるでしょ？」

「それは、まあ……。でも、さっきも言ったけど、一華ちゃんがそこまでやる必要は……」

「さっきも言ったけど、同じカウンセラーとしてすでに責任を背負っちゃってるし、こうなるともう、自分で片付けるまでスッキリしないから」

「一華ちゃん……」

「お願い」

自覚する以上に声が切実に響き、翠の瞳に戸惑いが揺れた。

「だから、翠は手を出さないで」

緊張のせいか、語尾が震える。

それでも、どうしても、折れるわけにはいかなかった。

一華は今度こそ翠から目を逸らさず、まっすぐに見つめる。――瞬間、翠は纏っていた怒りをふわりと緩め、やれやれといった様子で肩をすくめた。

「……頑固すぎる」

「ごめん」

「どうしても……？」

「どうしても」

「そこまで言うなら、別にいいけど。でも俺、まじでなにもしてない……」

そう言って苦笑いを浮かべる翠はすっかりいつもの調子で、一華はほっと息をつく。

しかし、翠の気が変わらないうちにと、一華は早速試験管を手に、改めて吉沢と向かい合った。

吉沢の気配は依然として弱々しく、自信に満ち溢れて流暢に喋っていた姿はもう見る影もないけれど、一華はこれまでにないくらいの強いプレッシャーを感じていた。

なぜなら、失敗すれば今度こそ翠があの黒い影を使うだろうと、わかりきっているからだ。

今となっては、翠は納得して契約しているのだからと、自分が口出しすることでもないと、ドライなことを考えていた自分が滑稽《こっけい》に思えてならない。

あのときの気持ちも決して嘘ではないが、少なくとも今の一華には、そんな冷静な線引きはできなかった。

一華はいつも以上に集中を高め、数珠を握った手を吉沢の前に突き出す。――そして。

「私の未来は、あなたが言った通りになんてならない。……絶対に」

そう口にした瞬間、吉沢は霧のように空気に散り、やがて渦を巻きながら試験管の中へと吸い込まれていった。

一華は試験管にゴム栓をすると、手早くお札を巻きつけ、ようやく緊張を解く。

すると、いつの間にか猫の姿に戻っていたタマが駆け寄ってきて、一華の肩にひらりと乗り、労《ねぎら》うようににゃぁと鳴いた。

「一華ちゃん、ご苦労様。結局、一華ちゃんの負担がかなり大きくなっちゃってごめんね」

「……気にしないで。全部私の私情だから」

「そうだ、その私情の話も含めていろいろ気になってるんだけど、結局あいつになにを――」

「さ、帰りましょう。もう疲れたし、眠いし」

「無視……！」

一華は翠に背を向けると、足早にその場を後にする。

翠がなにを聞きたがっているかは、もちろんわかっていた。

おそらく、一華が吉沢に怒りを露わにした理由と、意地でも自分でやると言って譲らなかった本意。

ただ、聞かれたところで、どちらもあまり言いたくなかった。

前者は言うまでもないが、後者は、翠のことが心配なのだと言っているも同然だからだ。

一華には、翠との関係にこれ以上の意味を持たせたくないという、強い思いがある。

霊とは無縁の世界で生きていくことを望む一華と、どんな手を使っても視力を取り戻そうとする翠とは、この協力関係の先に目指す場所がまったく違っていて、いずれは真逆の道を進む相手に余計な情を持ちたくないからだ。

にも拘らず、奇しくも初恋の相手だと判明してしまった時点で、一華の脳内はずっと混乱している。

いっそ、再会したときに翠に対して抱いた、〝突如現れて自分を利用しようとする、ただの意味不明な男〟のままでいてくれたならどんなによかっただろうと、心底思っていた。

悶々《もんもん》と考えながら階段に続くドアを開けると、追いついてきた翠が、ふいに一華の手を取り強く握る。

「……もう必要ないでしょ」

「疲れちゃって、フラフラするから」

「嘘をつくな」

「こわ。けどまあ、理由はもう一個あって」

「……なに」

「震えてるからさ。ずっと」

「…………」

「あ、俺がね」

もう一度「嘘をつくな」と振り払うこともできたはずなのに、そうしなかった理由は、一華にもよくわからない。

ただ、吉沢から言われたことが今もなおしつこく余韻を残していたせいか、翠の体温から伝わる安心感を拒絶することができなかった。

万が一にも、必要な存在になってしまったら困るのに、と。

ついさっき再確認したばかりの、翠との関係にこれ以上の意味を持たせたくないという思いに早速矛盾している自分が、もどかしく苦しい。

それでも手を離すことはできず、一華は結局そのまま階段へ向かった。

思っていた反応と違ったのだろう、翠が横から一華の顔を覗き込む。

その、まったく心配を隠さない子犬のような目で見つめられると、延々と思考を巡らせている自分が途端に馬鹿馬鹿しく思えた。

「一華ちゃん……？」

「なんか、お腹すいた」

「また誤魔化す……」

「ねえ、なにか食べて帰らない？」

「え……？　珍し……」

「嫌ならいいけど。でも、この時間じゃ開いてる店、あまりないか」

「選ばないならなくはないけど……ってか、俺が作ろうか？　店探すより事務所のが近いし」

「いや、別にそこまでしてくれなくても」

「言っとくけど上手くはないよ。食べられりゃいいって考えだし……って、だったらコンビニのがマシか」

「……作って」

「はい？」

「作って」

甘えている、と。

手を離せないでいるついでに、どうやら開き直ってしまったようだと、一華はそんな自分をどこか客観的に見ていた。

当然、後にこの奇行を後悔するに違いないと、十分過ぎる程わかっている。

それでも、撤回する気にはならなかった。

「もちろんいいんだけど、どした？　なんか変だよ？」

「よね。……やっぱり帰る」

「いやいやいや、そうじゃなくて、……あ、ねえ、炒飯《チャーハン》好き？」

「普通」

「……じゃ、焼きそばは？」

「なんか、全ラインナップの想像がついたわ」

「まあ、お察しの通りですよ」

翠は苦笑いを浮かべながらも、どこか嬉しそうだった。

こんな無茶を言っているのにどうして嬉しそうなのだろうと、考えた途端になんだか胸が締め付けられる。

しかし、一華はそんな心の機微にあえて気付かないフリをし、あくまで平静を取り繕って翠を見上げた。

「じゃあ、両方で」

「……夜中に？」

今日のことは、——こうして胸を借りてしまったことは記憶から抹消してしまおうと、できもしないことを考えながら。

＊

吉沢の件で新情報があるという理由で翠から呼び出されたのは、それから十日が経ったある日のこと。

新情報にさほど興味はなかったけれど、しつこい連絡に折れ、一華は仕事が終わった後、翠から指定されたクリニック最寄りのスタバへ向かった。

着くやいなや目に留まったのは、近くの青学の学生と思しき若い女子たちからチラチラと視線を浴びる、翠の姿。

そういえば前にも似たようなことがあったとうんざりしながら、一華はコーヒーを買って翠の正面に座る。

「あんた結構目立つんだから、あまり人が多い場所を指定しないで」

「あ、一華ちゃん、お疲れ」

さっそく苦情を言ったものの、翠はまったく自覚なしといった様子でそれをサラリと流し、ごそごそとリュックを漁《あさ》りはじめた。

「いや、蛇足的な新情報だから、わざわざ事務所に呼ぶのは悪いなって思って」

「別にいいから、今度は事務所にして」

「……そう？」

「それで？　蛇足的な情報ってなに？」

「いや、これなんだけどさ」

そう言いながら翠がテーブルに置いたのは、資料らしき薄い冊子と、発行年のずいぶん古い女性誌。

女性誌の上部からは付《ふ》箋《せん》が飛び出していて、一華は翠の指示を待たずにその箇所を開いた。

すると、そこに掲載されていたのは、超大手財閥企業の令嬢のインタビュー。

見出しには「ネイルサロンに続き、ファッションブランドをプロデュース。今秋には大手企業の御曹司《おんぞうし》と結婚予定と、順風満帆な人生」とある。

ただ、ひとまずざっと目を通したものの、一華にはこの記事を見せられた意図がまったくわからなかった。

「このお嬢様が、どうかしたの？」

「この人が、吉沢の恋人だったんだよ。自殺したっていう、例の」

「──は？」

思いもしなかった言葉に、一華はポカンと翠を見つめる。

すると、翠は続けて横の資料を指差した。

「驚くよね。でも、ちゃんと裏もとったし事実だよ。そっちは調査資料だから、よかったら見て。本来こうした情報は見せられないんだけど、一華ちゃんは関係者だからオーケーってことで」

「資料って、本気で調べたの？　わざわざ？」

「まあ、個人的に気になることがあったから」

「でも、結婚相手は大手企業の御曹司だって書いてあるけど。吉沢のことじゃないよね……？」

「うん、まったくの別人。御曹司の方はその女性の親が決めた相手で、いわゆる政略結婚だよ」

「えっと……」

「つまり、吉沢との恋愛は、親の賛成を得られない報われない関係だったみたい。あくまで表向きは」

「表向き……？　ともかく、彼女はそれを苦に自殺したってこと？」

「結果だけ聞けばそう思うのが普通なんだけど、……蓋《ふた》を開けてみればいろいろ複雑で」

翠はそこまで言うと、苦い顔をした。

やけに勿体ぶった態度がもどかしく、視線で続きを急かすと、翠は一華の前の資料を一枚捲《めく》りながらようやく口を開く。

「まず前提として、吉沢はあまりいい彼氏とは言えなかったみたい。とにかく女癖が悪くて、学生の頃には人妻に手を出して問題になったことがあるとか。まああの見た目だから、納得っちゃ納得だけど」

「嘘でしょ……、後追い自殺するくらい、のめり込むタイプなのに？」

「後追い自殺って言い方にも、だいぶ語弊《ごへい》があるんだよね。っていうのは、吉沢は女癖に加えてとんでもないギャンブル癖があるんだ。それで方々に借金を抱えていて、彼女の財力に……というか、彼女の実家の財力に、ずいぶん依存していたみたい。だから、正確に言えば、彼女を失ったせいで多大な負債の返済の目処が立たなくなって、追い込まれての自殺。なにせ、調べれば調べる程、彼の借金の記録が山のように出てくるんだ」

「待ってよ、理解できないんだけど……」

つい大きい声が出てしまったのも、無理はなかった。

翠が語る話が、あまりにも、想像と違っていたからだ。

翠もまた、共感するように何度も頷く。

「ただ、肝心なのはここからだから。さっきも言った通り、吉沢との恋愛関係を彼女の両親は許さなかったわけ。家柄やら格差云々っていうより、シンプルに吉沢の素行が気に入らなかったんだと思うんだよね。吉沢の身辺調査くらい当然してただろうから、つまり女癖もギャンブル癖も、彼女にお金を工面してもらってることも知ってたはずだし」

「そんなの、どんな親でも反対するでしょ」

「ね。……それで、これ以降は情報源が少なかったから多少俺の想像も含むんだけど、彼女も彼女で相当悩んでたみたいで。恋愛に干渉してくる親を疎《うと》ましく思う一方で、吉沢は浮気に金にって、どう考えても幸せな未来が見えないしね。でも、別れを切り出したくとも、吉沢はもはや自分がいないとどうにもならない状態になっていて、……で、結果的に両親の意見に従うことにしたんだと思うんだよ。ただ、吉沢の手前、表向きは強引な政略結婚っていう体裁を繕ってもらったんじゃないかと。……じゃなきゃ、まだ婚約の段階で、雑誌まで利用して大々的に公表しないでしょ」

「さすがに、想像の部分が多すぎない……？」

「わかる？　後半はとくにそうなんだけど。ただ、すでに安定した地位を確立してる日本屈指の大財閥企業が、わざわざ愛娘を政略結婚に使うとは思えないでしょ」

「それは……、一理あるけど」

控えめな言い方をしながらも、正直、一華は翠の推察に納得していた。

ただ、あまりの内容に、情報が整理しきれないでいた。

しかし、翠はさらに続ける。

「で、別れざるを得ない状況に立たされた吉沢は、逆上したわけ。吉沢は、彼女の両親の猛反対で引き裂かれたっていう表向きの話を信じてるわけだけど、とはいえ、後ろめたさもあるぶん彼女の親に直談判なんてできるはずもなく、彼女にその怒りをぶつけたんだと思うんだよね。〝君は、結局両親の言いなりなのか〟って。〝実家の呪縛から永遠に抜け出せないままでいいのか〟って、執拗《しつよう》に」

「…………」

途端に、一華の心臓がドクンと大きく鼓動した。

なぜなら、翠が口にした言葉は、吉沢の意識の中で自分に向けられたものとほぼ同じだったからだ。

あのとき抱いた強い不安は、今もまだ心の中でしつこく燻っている。

つい目が泳いでしまい、一華は慌てて翠から視線を外した。

しかし。

「それで、――一華ちゃんも、似たようなことを言われたんじゃないかって思って」

すべてを察しているかのような口調に、ふたたび心臓が大きく揺れた。

「……なんの話」

「あのときさ、──吉沢の意識の中から抜け出したときのことなんだけど、一華ちゃんの様子がおかしいと思ってたんだ。聞いても教えてくれなかったから、気になって、それで吉沢のことを調べたんだよ。……で、必死に運命を切り拓いてきた一華ちゃんなら、そんな言葉をまともに喰らったら傷つくだろうと思って。吉沢は、まあ私生活は最低だけど、一応カウンセラーなわけだし、彼の言葉には、結果的に彼女を自殺に追い込んだくらいの威力があるわけだし」

「解決したのに、調べたの？……私の様子がおかしかったから？」

「うん」

「…………」

「でね、俺は……」

「知られたくないから隠したのに、無理やり暴いたってこと？　興味本位で？」

「え……？」

きつい言い方だと、一華自身、自覚していた。

ただ、それでもなお、止められなかった。

飄々《ひょうひょう》と語る翠を見ていると、自分の中の触れられたくない部分に、土足で立ち入られたような気になったからだ。

「……帰る」

どうしても感情が制御できず、一華は勢いよく立ち上がる。――しかし。

「待って、違うから」

翠は慌てた様子で一華の腕を摑んだ。

「ちょっ……、大きい声出したら注目浴びるって何度も……」

「外野にどう思われようがどうだっていいよ。とにかく、一旦座って」

「嫌。気分悪いから意地でも帰る」

「いや、困るんだって。まだ話は終わってないし、むしろ最悪なところで途切れてるし」

「そんな明らかに不快な話、別に聞きたく……」

「だから、違うって言ってんじゃん！」

急に翠の語調が強まり、一華は思わず口を噤んだ。

途端に、周囲のざわめきが耳に入り、一華は居た堪《たま》れない気持ちで渋々席に座る。

一方、翠はどっと疲れた様子で深い溜め息をついた。

「……っていうか、意外とアホなの？　俺にいったいなんの目的があって、わざわざ一華ちゃんを呼び出してまで不快にさせなきゃいけないんだよ。人をなんだと思ってるんだって話」

口はいつになく悪いけれど、そのどこか素を思わせる口調が、不思議と一華を落ち着かせた。

「……じゃあ、なにが言いたかったの」

改めて尋ねると、翠は逃がさないためか一華の手首を摑んだまま、やや呆れた口調で言葉を続ける。

「別に、たいしたことじゃないよ。……ないんだけど、ある程度察しがついたからさ。多分、……似たようなことを言われたんだろうなって。だから俺は、ただ、一華ちゃんの育った環境をよく理解してる立場の人間として、……吉沢の言葉を否定したかっただけで」

「否定……？」

「そう。そんなことないって、ちゃんと自由になれるよって、言ってあげたかったんだ」

「…………」

ふてくされた言い方なのに、向けられた言葉があまりにもまっすぐで、不覚にも、目頭が熱くなった。

さっきからどうも情緒がおかしいと、一華はすっかり冷めたコーヒーを一気に呷《あお》って気持ちを落ち着かせる。

「……ごめん。ちょっと頭に血が上って」

「別に、いいけど。ただ、俺がいかに無礼な奴だっていう認識をされてるか、よくわかったよ」

「それは、否定しないけど」

「しないの？　この局面で？　信じられない」

「……でも」

「でも？」

「ありがとう」

「…………」

翠が絶句する姿は珍しい。

沈黙は居心地が悪く、一華は空になったマグカップを手の中で弄ぶ。

すると、翠はようやくいつものヘラヘラした笑みを浮かべ、演技じみた仕草で肩をすくめた。

「まぁ、いいよ、全然。そもそも俺は、一華ちゃんを守るって決めてるから」

「そういう寒いことを堂々と言わないで」

「なんと言われようと、俺はただ約束を――」

翠の語尾が不自然に途切れた瞬間、一華の心の奥で、はるか昔の記憶が小さく音を立てたような気がした。

「なに？　約束？」

「いや、……なんでもない」

「気になるから言って。もしかして、昔の話？　私となにか約束した？」

「違う違う。さっきのは完全な言い間違い」

「約束となにを言い間違えるのよ。頭の中にないものは口から出ないでしょ」

「なにそれ、カウンセラー的セオリー？」

「また馬鹿にして」

「また被害妄想」

正直気にはなったけれど、翠に教えてくれそうな気配はなく、一華は渋々追及を諦める。

しかし。

「……あまり言いたくないんだ。ちょっと女々しいから」

思いもよらないひと言で、ふたたび胸が騒いだ。

「小出しにしないでよ。……っていうか、結局してるんじゃない。約束」

「はは」

「なに笑ってるの」

文句を言いながらも、なんとなく、一華にはそれ以上聞くことができなかった。

いくら幼かったとはいえ、翠との、――仮にも恋していた相手との約束を、こうも忘れてしまえるものだろうかと、小さな違和感を覚えていたからだ。

当時覚えていた寂しさを鮮明に記憶しているだけに、それが、なおさら不思議だった。

翠に心を持っていかれる程《ほど》密な交流があったのならば、こんなに寂しい記憶ばかりが心に居座るだろうかと。

しかし、その違和感を解消する方法は、一華自らが、当時の記憶を思い出すこと以外にない。

ならば、これからは少し意識して思い出す努力をしてみようと、一華は密かにそんなことを考えていた。

かたや、翠はなにごともなかったかのように、テーブルの上の資料を手に取りペラペラと捲る。

「あとさ、ずっと気になってた、吉沢の霊に自我があるか否かの件だけど、……それに関しては残念ながらグレーだね。吉沢が一華ちゃんに言った言葉は、生前の彼女に向けてたものみたいだし。……とはいえ、わざわざ一華ちゃんに向けてそういう言葉を選んだっていう部分に関しては、明確な意思を感じるんだよなぁ。本来霊の発言なんて、ただ同じことを繰り返すだけの、壊れたレコード同然のはずなのにさ」

その言葉を聞いて頭を過ったのは、吉沢の意識の中で交わした会話の数々。

正直、一華はあのときまで、霊が明確な意思を持って会話するなんてさすがに有り得ないと考えていた。

しかし今となっては、その考えが崩れはじめている。

「私は、かなりクロ寄りのグレーだと思ってる。気配とか雰囲気が他とは全然違ったっていうのも理由のひとつだけど、……そもそも壊れたレコードじゃ、人の相談になんて乗れないもの」

「まあね。それはそうなんだけど、でも吉沢の場合、一華ちゃんのときのように、いつの間にか自分の意識の中に引き込むっていう手を使うわけじゃん。そうなると、引き込まれた方は夢を見てるようなものだし、たとえ壊れたレコード相手でも脳内で補完して、会話が成立してるように錯覚するってパターンもあるよ？」

「確かにそれもあり得るけど……、でも、それこそ、自我もなくそんなに上手くいくもの？」

「じゃあ、霊が自我持てる説に賛成？」

「賛成っていうか……、本音を言えば、そんなの否定したいんだけど。だって、自我がある霊なんてあまりにも……」

怖いと続けそうになったものの、また馬鹿にされてしまうと咄嗟に警戒し、一華は不自然に口を噤んだ。

しかし、翠はいつものようにからかうことなく、むしろ険しい表情を浮かべる。

「やばいよね、もしそんなのがウヨウヨいたら。っていうか、俺が探してる〝やばい霊〟もそれ系だったら嫌だなぁ。いかにも面倒そうで」

「ウヨウヨなんて。いたとしても、かなり希少だと思うけど」

「その希少な奴に当たらないとは限らないじゃん」

「……別に、当たったとしてもなんとかなるでしょ。これまでだって、なんとかなってきたんだから」

「頼もしすぎる……。まあ、吉沢の件もほぼ百パーセント一華ちゃんひとりの手柄だしね」

「あれは……」

つい声が動揺を帯び、一華は目を泳がせる。

最終的に自分ひとりの手柄となってしまった理由は、黒い影を使おうとする翠を、個人的な不安に駆られて強引に止めたからだ。

言い淀む一華を他所に、翠はやや不満気な表情を浮かべる。

「そりゃ、協力をお願いしたのはこっちなんだけど、俺は前にも言ったように、全面的に一華ちゃんに頼ろうなんて思ってないから誤解しないでね。……ほら、君のお陰で視えるわけだし」

「だから、……あの日はたまたま、そういう気分だったってだけで」

「そう？　なんか、全然頼りないって思われてそうで」

「…………」

「いや、なんか言って」

楽しそうに笑う翠を見て、どうやら動揺したことはバレていないらしいと、一華はほっと息をつく。

そして、いっそこのまま話を逸らしてしまおうと、慌てて別の話題を探した。――けれど。

「別に、思ってないから。……頼りないなんて」

ほぼ無意識的に、そんなことを口走ってしまっていた。

「え……？」

「本当は翠だってわかってるんでしょ。実際にもう何度も救われてるし、吉沢のときだって、あいつの意識から解放されて翠とタマの姿を見たときは――」

みるみる目を輝かせていく翠を見ながら、この発言はあまりに自分らしくないと、一華は途端に我に返る。

しかし、後悔してもすでに遅く、翠はまるで尻尾を振る子犬のように、嬉しそうに身を乗り出した。

「見たときは、なに？　ほっとした？」

「いや、だから、……主にタマに」

「そっかー、なんか救われたわー。今回は出る幕なかったって思ってたけど、一華ちゃんがそこまで言ってくれるなら、もうなんでもいいや」

「そこまでってなに。人の話、聞いてる？」

翠は一華の文句を無視し、都合よく話を膨らませていく。

一華はそんな翠にうんざりしながらも、――これは案外、翠なりの照れ隠しなのではないかと、いつも肝心なときにふざける翠の様子を思い出しながら、密かに分析していた。

そして、さっきは言えなかった言葉の続きを、――〝翠とタマの姿を見たときは、自分は孤独じゃないと思えた〟という剝《む》き出しの本音を、心の奥にそっと仕舞い込む。

この発言は、意外と照れ屋な翠のキャパを超えているだろうからと、自分に言い訳しながら。

第二章

「泉宮先生は、実在しない駅に降りてしまう有名な都市伝説を、ご存知ですか？」

カウンセリングルームに入るやいなやそう口にしたのは、羽柴由衣《はしばゆい》と名乗る二十四歳の女性。

必要以上に淡々としたその口調から一華が感じ取ったのは、無理に強気を保っているかのような不安定さ。

おそらく、これから話そうとしている内容に関し、周囲から散々揶揄《やゆ》されてきたのだろうと一華は思う。

「いいえ、聞いたことはありませんが、それがどうしました？」

本当は、その都市伝説には聞き覚えがあった。

一時期、こちらから欲さずとも内容を把握してしまうレベルでネット上に拡散されていた、有名な話だからだ。

その内容は、ほぼ由衣の要約通り。

ある日、ネットの匿名掲示板上に、「いつも乗る電車に乗ったはずが、聞いたことのない名前の駅に停まり、慌てて降りてしまった」といった内容の投稿がされ、その後本人からいくつか不気味な体験が実況的に綴《つづ》られた後、ぷつりと途切れてしまったというものだ。

当時、掲示板をリアルタイムで閲覧していた多くの人たちが、こぞってその駅を検索したもののまったく引っかからず、やがてネット上では、異次元に迷い込んでしまったのではないかという考察がされ、その日以降もしばらく盛り上がりが冷めなかったらしい。

そこまで知っておきながら嘘をついた理由は、明確にある。

由衣の話の切り出し方から考えて、似たような体験をしたという相談が始まるのは明白であり、だとすれば変に情報を持っていない相手の方が話しやすいのではないかと考えたからだ。

それが正しい判断だったと察したのは、由衣がほっとした様子で紅茶をひと口飲んだ瞬間のこと。

さりげなくチョコレートを差し出すと、由衣はわずかな沈黙を置き、一華をまっすぐに見つめた。

「では……、まず、私が体験したことの一部始終を聞いてもらいたいのですが、できれば、一旦、なにも言わずに最後まで話させてほしいんです。とても信じられないような内容ばかりだと思いますが、引っかかるたびに中断していたら、多分、すごく時間がかかると思うので」

その前置きは、本来は霊などの存在を信じないタイプの、いわゆるリアリストがよく使うものだ。

おそらく〝信じられないような内容〟の体験を、自分自身でも上手く処理できておらず、人に語るとなると、多くの予防線を張りたくなるのだろう。

どうやらよほどの内容らしいと察した一華は、不穏な予感を覚えながらも、メモを取るためパソコンを開く。

「ええ、わかりました。では、一度、最後までお聞かせください。ご自分のペースで構いませんから」

了承すると、由衣は頷き、一度深呼吸をしてからゆっくりと口を開いた。

「私が奇妙な体験をしたのは、少し前の週末です。その日は退勤後に友人とお酒を飲み、自宅がある千葉方面へ向かう、普段利用している路線の終電に乗ったんです。かなり酔ってはいましたが、週末に終電まで飲むなんて別に珍しくもないですし、とくに変わったことはありませんでした。……ただ、その日は珍しくシートが空いていて、つい、途中で寝てしまったんです。それで、ふと目を覚ましたら、……電車が、まったく見覚えのない駅に停まっていて――」

由衣が電車の窓越しに目にしたのは、ずいぶん山深い場所にある、ひっそりとしたホームの風景。

途端に、乗る電車を間違えたらしいと焦った由衣は、発車の合図が鳴り響いた瞬間に、今どこにいるのかを確認する余裕もないまま、大急ぎで電車を降りた。

なにせ、由衣が日常的に乗っている路線の停車駅にこうも長閑《のどか》な場所はなく、すでに取り返しがつかないくらい遠くに来てしまったのではないかという、強い不安に駆られたからだ。

しかし、電車が発車した瞬間、自分が乗ったのは終電だったことを思い出し、酷く後悔した。

おまけに、電車が行ってしまった後のホームはまったくの無人であり、周囲は真っ暗で、バスやタクシーどころか、車が走る音ひとつ聞こえてこなかった。

携帯を見れば、時刻は〇時半。

由衣は途方に暮れたが、しかしすぐに気を取り直し、まずはこの駅の路線を確認しようと駅名の表示を探す。

しかし、ホームを端まで歩いてみたもののそれらしきものはなく、それどころか駅員すら見当たらず、むしろ、線路がなければ駅であることすら忘れそうなくらいに、徹底的になにもなかった。

由衣はだんだん気味悪さを覚え、ひとまず現在地を確認するため、携帯を取り出しマップのアプリを開いた。

しかし、GPSが上手く機能しておらず、現在地のピンは由衣が電車に乗った上野駅あたりでフラフラと揺れ続けていた。

なにもこんなときにと絶望したけれど、とはいえいつまでもここにいるわけにはいかず、由衣はひとまず改札を目指し、ホームの端から伸びる唯一の階段を下りる。

しかし、階段を下りて通路を進んだ先には無人の小屋がぽつんと佇《たたず》んでいるのみで、アナログ式の改札があるが、駅員の姿はなかった。

自分はいったいどこの秘境駅に来てしまったのだろうかと、由衣はひとまず携帯で「駅名のない無人駅」と検索する。

しかしそれでは一件もヒットせず、さらに「上野発」「アナログ改札」「山間部」と、さまざまなワードで試してみたものの、結局、現在地はわからず終いだった。

こうなれば、とにかく人を探すしかないと、由衣は覚悟を決めて改札を通り抜け、駅の外に出る。

しかし、駅前にはたった一本の頼りない道が左右に伸びているだけで、人の気配はまったくなかった。

辺りはとにかく暗く、街灯は一応設置されているものの、かなりの間隔を置いてごく狭い範囲をぼんやり照らすのみで、ほとんど役割を果たしていない。

正直、一本きりの暗い道を進むのはかなり勇気がいるけれど、かといってホームで朝まで待っている気にもなれず、由衣は散々迷った挙句、少し歩けば民家の一軒くらい見つかるだろうという希望を胸に、足を踏み出した。

ただ、しばらく歩いたところで一向に建物は見当たらず、由衣の不安はみるみる膨らんでいく。

それでも、駅があるのだから人が住んでいるはずだと信じ、無心でただただ先へ進んだ。

周囲から聞こえてくるのは、木々のざわめきと、虫の鳴き声のみ。

慣れない環境に恐怖を覚える一方、都内から一時間もかからず、ここまでなにもない場所に着いてしまうのかと、驚いている自分もいた。

ようやく周囲の景色に変化が表れたのは、それからさらに十分程歩いた頃のこと。

道の左右に鬱蒼《うっそう》と繁っていた木々がプツリと途切れたかと思うと、突如、広く開けた場所に出た。

ついに人が住んでいるエリアに差し掛かったようだと、携帯のライトで辺りを照らしてみると、周囲に延々と広がっていたのは、明らかに人によって整備された、農地と思しき土地。

ただ、そのいたるところには、ロープで周囲を仕切られた、奇妙な形のエリアが点在していた。

それらはひとつひとつ形が違い、しかしどれも二、三メートル四方程度と狭い。

なんの目的があって仕切っているのか見当もつかず、由衣はその見たことのない光景に、表現し難い不気味さを覚える。

とはいえ、ようやく人の存在を感じられるものに出会い、そのときは恐怖よりもまだ安心感の方が勝っていた。

由衣は、農地があるなら民家もあるはずだと、さらに足を進め、建物を探して辺りに目を凝らす。

すると、そのとき。

ふと、農地を仕切るロープに下げられた、白い紙のような札が目に入った。

さしずめ、立ち入り禁止などの注意書きだろうと一度は素通りしたものの、農地の管理者の連絡先が書かれているのではと思い立ち、由衣は、期待を込めて最寄りの札をライトで照らす。――しかし。

「なに……、これ……」

それを目にした瞬間、思わず息を呑んだ。

なぜなら、札には達筆な筆文字で、「神罰《しんばつ》」という二文字のみが大きく記されていたからだ。

辺りを見回せば、他の札も同様に「神罰」と書かれていた。

意味はよくわからないが、字面だけで十分不気味であり、由衣は弾かれるように後退《あとずさ》る。

しかし、札を見たことを機に堪《こら》えていた恐怖心が一気に膨らみ、膝が震えて思うように歩けず、由衣は崩れるようにその場に座り込んだ。

本当は一刻も早くこの場から立ち去りたいのに、硬直した体がまったく言うことを聞いてくれない。

「誰か……」

つい弱音が零れ、じわりと涙が滲む。——そのとき。

ふと、背後から視線を感じた。

気のせいだろうと思いつつおそるおそる振り返ると、目線のすぐ先に立っていたのは、小柄な老婆。

心臓が、ドクンと大きな鼓動を鳴らした。

ずっと探し求めていた住人にようやく会えたというのに、そのとき由衣が感じていたのは、喜びというよりも、危機感に近い感情。

そもそも、夜中に老婆が灯りも持たずに歩いているなんて、どう考えても不自然だった。

「あの……」

こわごわ声をかけると、老婆は無表情のまましばらく由衣を見つめ、それから近くの「神罰」の札をスッと指差す。

そして。

『この、中に、入っては、いないか』

由衣の目をまっすぐに捉えたまま、怒りを滲ませた声でそう口にした。

「はい……?」

『入って、いないか』

「あの、あなたは……」

『入って、いないかと、聞いてる』

淡々と繰り返される問いが、由衣の恐怖をさらに煽った。

「入って、いません……。でもどうしてそんなこと――」

言葉が途切れた理由は言うまでもない。

ずいぶん小柄だと思った老婆の体をよく見れば、膝から下は地中に埋まり、地面から伸びるなにかが体にびっしりと絡みついていた。

「っ……」

由衣はたちまちパニックを起こし、思考が真っ白になる。

しかし、老婆は依然として由衣を睨みつけたまま、眉間に深い皺《しわ》を寄せた。

『入ったら、神罰が、下る』

「な……、にを……」

『入ったら、神罰が』

「もう、やめ……」

『神罰は、お前に――』

「やめて……！」

叫んでからのことは、あまり記憶にない。

おそらく、あまりの恐怖で精神が限界を超えたのだろう。気付けば、由衣は来た道を無我夢中で走っていた。

走りながら頭を巡っていたのは、ただただ、足が動いてくれてよかったという思いと、あの老婆はいったい何者なのだという疑問。

いっそなにもかも夢ならいいのにと心から願ったけれど、木々や土の匂いも、地面の感触も、乱れた呼吸の苦しさすらも、すべてが現実であることを物語っていた。

現実ならばせめて駅まで戻ろうと、そしてあの駅で大人しく朝を待つべきだと、由衣は必死に足を動かす。

けれど、さっき由衣が通った、左右を木々に囲まれた道に差し掛かろうとした、そのとき。

突如、なにかに足を取られて地面に思いきり転倒した。

すぐに立ちあがろうとしたものの足が動かず、由衣は咄嗟に携帯のライトで足元を確認する。――瞬間、思わず息を呑んだ。

由衣の足首は、まるで枯れ枝のように筋張った細い腕にがっちりと摑まれていたからだ。

たちまち頭が真っ白になる中、由衣は震える手でライトをさらに奥へ向ける。

すると、目線のすぐ先に、下半身が地中に埋まったまま由衣へ向かって腕を伸ばす、さっきの老婆が照らし出された。

悲鳴を上げる余裕すらないまま、由衣はただ呆然とその姿を見つめる。

老婆はじりじりと地面から這い出て少しずつ距離を詰めてくるが、由衣の体はすっかり硬直し、もはや逃げる気力はなかった。

もう終わりだ、と。由衣は抵抗を諦め固く目を閉じる。

しかし、そのとき。

『――逃げろ』

どこからともなく男の声が響いたかと思うと、思いきり腕を引かれた。

途端に老婆の拘束から解放され、わずかに気力を取り戻した由衣は、ひとまず声の主の姿を探して視線を彷徨わせる。

しかし、それらしき姿はどこにもなく、戸惑っていると、今度は背中を強く押された。

――そして。

『前だけを見て、全力で走れ』

ふたたび響いた、男の声。

「え……、なん……」

『早く』

由衣は混乱しながらも、どうやら助けてくれたらしいとようやく状況を理解し、言われた通りに駅の方へ向かって走る。

暗い道をひたすら進みながら、少しずつ冷静になっていく頭に浮かぶのは、あれはいったい誰だったのだろうという疑問。

しかし、なにもかもが現実離れしたこの状況の中で答えを導き出せるとは思えず、そうこうしているうちにも前方に駅の明かりがぼんやりと浮かび上がった。

由衣はひとまずほっとし、改札を通り抜けると、階段を上ってホームへ向かう。――

瞬間、突如、意識が曖昧になった。

「――それで、……目を覚ましたら、病院にいたんです」

しばらく淡々と自らの体験を語っていた由衣は、そこまで言い終えると、ぐったりした様子で額の汗を拭った。

まだ続きがありそうだったけれど、恐怖が蘇ったのか由衣に続ける気配はなく、一華はひとまず紅茶を入れ直して控えめに口を開く。

「ちなみに、目を覚ましたのはどこの病院ですか？」

尋ねると、由衣はやや不快そうな表情を浮かべた。

「……津田沼《つだぬま》です」

その駅名を耳にした途端、一華は、由衣の反応の理由を密かに察する。

なにせ、津田沼駅はいくつもの路線が通る千葉の主要駅のひとつで、由衣が通勤に使う路線の停車駅でもあるため、なおのこと、酒に酔って途中下車した末に幻覚を見たという説が有力になるからだ。

いくら不思議な体験をしたと訴えたところで、大概の人は、電車内で倒れて病院に搬送され、嫌な夢でも見たのだと一笑に付すだろう。

やたらと前置きの多い由衣の態度から既に予想済みではあったけれど、どれだけの人に揶揄されてきたのかは、由衣の反応を見ればわざわざ聞くまでもなかった。

あくまで現時点では、一華の見解も幻覚説に傾いている。

とはいえ、心霊相談専門と噂される一華のカウンセリングをわざわざ受けに来たということは、由衣の中で、夢では片付けられないなんらかの違和感があるのだろうという考えもあった。

とにかくもう少し話を聞く必要がありそうだと思いながら、一華は黙って続きを待つ。

すると、由衣はどこか居心地悪そうにしながらも、ふたたび口を開いた。

「泉宮先生も薄々感じていると思いますけど、私だって、目覚めたときは、全部夢の中での出来事だったんだろうと思ったんです。看護師さんいわく、津田沼駅のホームで倒れているところを救助されたとのことでしたし、もはや、そう考えた方が自分としてもずっと楽ですから。……でも、いろいろと妙な点があって――」

由衣が〝妙な点〟としてまず前提的に語ったのは、意識が戻るまでに一日半もかかったという事実。

診察した医者によると、運ばれた直後の検査では意識障害を起こす程の重大な所見は見当たらず、原因がわからないぶん、由衣が目を覚ますまで異様な緊張感が漂っていたのだという。

結果的に無事目を覚ましたからこそ、急性アルコール中毒の意識障害として普通に処理されたが、一日半意識がなかったというのは心配だからと、より詳細な検査を受けるよう勧められたとのこと。

ただ、その時点ではまだ、不思議だと思う程度でたいした違和感はなかった。明らかに妙だと感じたのは、ようやく帰宅することになり、着せられていた検査着から私服に着替えたときのこと。

由衣の洋服や靴には、泥のような汚れがべったりとこびりついていたらしい。

「――そんな汚れが付くような場所なんて、思い当たらないんです。そもそも、都内で電車に乗るまでは意識があって、そこから津田沼駅で救助されるまでは電車内にいたんだから、泥汚れなんて付かないでしょう?……それで、ふいに、あの夜の体験が事実なら、辻褄《つじつま》が合うなって思ったんです。思い返せば、舗装《ほそう》されていない道を長々と歩きましたし、地面に倒れたりも。……だから、あれってやっぱりただの夢じゃなかったんじゃないか、って」

「なるほど……、洋服に泥が」

「あと、もうひとつ。携帯のブラウザに、『駅名のない無人駅』っていう検索履歴が残ってたんです。他にも、『上野発』に『アナログ改札』に『山間部』に……、いろんなワードを付け加えて試したような形跡がありました。なにより、私、はっきり覚えてるんです。あの無人駅で、必死に検索したときのこと。……友人は、酔って通販で買い物してしまうことならよくあるって、だから別に普通だって言うんですけど……、私には、とてもそうは思えません。そもそも、あの異常な状況でなければ、無人駅なんて検索しませんし」

それは、確かに奇妙だった。

ただ、だとしてもやはり、一華にはまだ幻覚説を否定することができなかった。

理由はごく単純で、由衣の体験は極めて奇妙ではあるものの、それらすべてを霊的なものだと考えるには、あまりにもスケールが大きすぎるからだ。

霊とは決して万能ではなく、人間に及ぼせる影響は限られる。

霊の力の根源となるのは、自らが抱える恨みや無念といった思い残しであり、その大小によって力の大きさに違いはあれど、少なくとも、駅をはじめ、ありもしない集落をまるごと創造して人を迷い込ませるなんて、一華の霊の概念ではとても考えられなかった。

なにより、そんな大掛かりなことを由衣に仕掛ける目的もよくわからない。

それらを総合して考えると、もちろんグレーな点は多々あるものの、霊の仕業であるという結論を出すには至らなかった。

それに、そもそもの話だが、臨床心理士としての一華の仕事は、心霊体験を肯定することではない。

「一応確認ですが、由衣さんは、その奇妙な体験が霊的なものであった可能性を否定したくて、私のもとにいらしたんですよね?」

まさにその問いかけの通り、一華のもとへやってくる相談者の目的は、自らの異常な体験に、霊的なものではないという明確な理屈をつけてもらうこと。

すると、由衣は複雑そうな表情を浮かべながらも、小さく頷いた。

「これまで、いろんな人から全否定されましたけど、……皆、頭ごなしにあり得ないって言うばかりで、私はずっとモヤモヤしていたんです。服の汚れやら検索履歴やら、説明がつかないことも沢山あるのに、どうせ酔ってたんでしょって、ひと言で片付けられて。もちろん、私だって叶うなら夢だって思いたいですけど、自分を納得させられる理屈がないと難しいじゃないですか。……そんなときに、泉宮先生はそういうことが得意だってネットで知って」

「……そうでしたか」

やはり「心霊相談専門の泉宮先生」という、ネット内での通り名は今も健在らしいと、一華は密かに溜め息をつく。

ただ、相談内容は確かに難解だけれど、本人が否定してほしいと望んでいるのであれば、一華にとってそれに応じるのはさほど難しいことではなかった。

まずもって、現在の由衣には、霊に憑《つ》かれている気配がない。

一方で、本物の心霊体験をした相談者は、そのほとんどが、背後に不穏な気配を連れている。

その場合、ときには無理な理屈をつけて幻覚であると説明した上で、こっそりと霊を捕獲し理屈との辻褄を合わせなければならないのだが、今回はその必要がない。

ただ、由衣に関しては、逆に厄介な点もあった。

なにより困るのは、周囲から散々否定され続けたことで、当の本人がうんざりし、本来それを望んでいるにも拘らず聞き入れ難い心理になっていること。

それは、まさにこれから理屈を説明しようとしている一華にとって、もっともやり辛い状況だった。

「……ちなみにですが、最初におっしゃっていた都市伝説のことは、どれくらい信じていらっしゃいますか？」

ひとまず、霊に対する認識を確認するためそう尋ねると、由衣は困ったように眉根を寄せる。

「本来は心霊現象なんて全く信じないタイプですが、嫌いなわけではないので、無人駅も含めネットの怖い話は全部エンタメ的に面白がってたんですけど……、自分が似た体験をしてしまった今は、もう疑えなくなりました。今はむしろ、無人駅に降りた体験者が今どうなっているのか気になってしまって……」

「体験者のその後、ですか」

「はい。無人駅のエピソードがかなり流行ったこともあって、その後に似たような体験をしたっていう投稿が続いたんですけど、いずれも、体験者がプツッと投稿をやめてるんです。ただの演出かもしれませんが、呪われたとか、異次元に引き込まれたとか、ネットでは怖い考察が飛び交っていて。恥ずかしい話ですが、自分ももしかして近々……なんて、ときどき考えることも」

「恥ずかしい話ですが」と口にしたときの由衣は、わかりやすく戸惑っていた。

やはり、もともと心霊現象に懐疑的だったことが影響し、恐怖体験をした今もなお気持ちがどっち付かずなのだろうと一華は思う。

ただ、その迷いこそ、一華の言葉に耳を傾ける明確な隙であり、一華は早くも成功の手応えを覚えていた。

そして。

「由衣さん、結論から言いますが、由衣さんの体験はすべて、脳が見せた幻覚です」

はっきりそう言い切ると、由衣は大きく目を見開く。

「幻覚……」

「ええ。幻覚と聞くと、異常なことのように思えるかもしれませんが、人が幻覚を見る要因は多くあります。もっとも身近なのは、飲酒ですね」

「飲酒って……、つまり、泉宮先生も皆と同じで、私の飲み過ぎが原因だって言いたいんですか……？」

「結論としては確かに皆さんと同じですが、ただ、私は多くの前例を知っていますし、そう考えるに至った根拠があります。聞いていただけますか？」

「……はい。……納得できるかどうかは、わかりませんけど」

「もちろん。軽い気持ちで、聞くだけ聞いてください」

一華は由衣から目を逸らさず、はっきりと頷く。

由衣もまた、やや緊張の窺える表情で、一華に頷き返した。

「では、まず前提として、……周知の事実ですので今さらなのですが、飲酒時は判断力が著しく低下するという事実について、お話しさせてください。具体的な一例を挙げるなら、アルコールの影響により、目の前の出来事が脳に伝達されるまで、通常よりも時間がかかってしまうのです。いわば、レム睡眠のさらに手前となる、まどろみのような状態と言えばわかりやすいでしょうか」

「……まあ、酔ってるときはそんな状態になってる自覚がありますけど……」

「ですよね。酔えば多くの人がそうなります。そして、人の脳は、たとえばレム睡眠のような半覚醒《かくせい》状態になると、記憶を整理する機能が働きます。正確にはまどろみと睡眠は違うのですが、飲酒時などはとくに、脳がそのような状態であると勘違いするのです。その結果、目の前の情報に、脳が整理の過程で引っ張り出してきた、過去に見た映像や情報などが勝手に付加されてしまい、ありもしない物や風景が現れたりします。それがいわゆる幻覚なのですが、……わかりやすく言えば、現実が勝手に盛られてしまった状態です」

「……でも、もともとゼロだったものを盛るのは難しいでしょ？　なにか、基本となるものがないと。私はただ、電車に乗っていただけですし……」

「いいえ、電車に乗っていただけではなく、眠っていたとおっしゃいましたよね。情報の混濁が進行した原因の多くは、そこにあるのではないかと私は思っています。おそらく由衣さんは、目覚めてすぐに目にしたホームの光景で、無意識的に、過去にネットで見た都市伝説の話を思い浮かべてしまったのではないかと思うのです。信じていなかったとおっしゃいましたが、由衣さんにとっては記憶に残る、印象的なエピソードだったのでしょう。ですから、想像がそのまま幻覚として現れ脳内で妙な体験をし、しかし現実では、その前後に意識が途切れていたのではないかと」

「つまり、その先は全部、夢の中での体験だったってことですか……？」

「夢の中とは少し違い、正しくは無意識でもない半覚醒です。さっき言ったように、それはまどろんでいるときと近く、いわば幻覚を見やすい状態です。そういった状態のときは、あくまで普段習慣的にやっていることに限りますが、――たとえば携帯で検索をする程度のことであれば、普通にできてしまうのです。見えているものは幻覚ですが、自らの行動は現実、ということですね。もちろん、覚醒後に記憶の矛盾を感じますし、頻度が高い場合は、たとえば夢遊病などを疑われることもありますが……、飲酒が要因でしたら、たまたまかと」

「じゃあ、服の汚れは……？」

「それについては、もっと単純です。ふいに着ていたものの汚れに気付き、いつの間に汚れたんだろうと疑問に思うことは、たとえ酔っていなくともよくあることです。しかも、由衣さんはホームで倒れているところを運ばれたのですから、その時点ですでに普段の行動からはかけ離れています。ですから、心当たりのない汚れが付いても不思議はないかと」

「……駅のホームで、あんなに汚れるでしょうか」

「ホームに限らず、大勢の人間が土足で利用する場所ならば、どんなに綺麗に見えても当然汚れています。たとえば由衣さんが倒れた場所にあらかじめなにかが零れていた可能性もありますし、混み合う終電の中で、他人の汚れが付着した可能性も。……考えられるパターンを並べると正直キリがないのですが、あり得ないことだとは思いません」

「そう、言われてしまうと……」

返事は曖昧だったけれど、由衣の表情は、カウンセリングを始めたときに比べてやや晴れているように見えた。

検索にしろ汚れにしろ、あり得ないと思い込んでいた奇妙な事柄に関し、心理カウンセラーという肩書きを持つ人間から「とくに異常なことではない」と言われると、少なからず安心するのだろう。

「ですから、由衣さんは、今後のご自身のことを心配する必要はありません。すべて、由衣さんの脳が作り出したものです」

「あの、ものすごく不気味だった老婆も、私が……？」

「老婆が追ってくる展開というのは、ホラーの定番ですから」

「じゃあ、助けてくれた声は……」

「たとえば怖い夢なんかはそうですが、夢の中で人や化け物に襲われたとして、自分が死んで終わるという結末はあまり聞きません。なにせ死んだ経験がありませんし、脳は経験がないことを勝手に創作することなどできないからです。大概は死ぬ直前で目覚めるか、やや強引にも、なんらかの助けがあるか。……由衣さんの場合は、後者だったのではないでしょうか。声の基となったのは、由衣さんが記憶しているドラマやアニメのワンシーンか、もしくはいつも助けてくれる実在の知人など。それに関しても、可能性はキリなくあります」

「……なる、ほど」

「これで、すべて説明がつきましたか？」

「…………」

「もちろん、すべては私の一方的な見解ですから、納得いかない点があれば、遠慮なくおっしゃってください」

そう言うと、由衣は記憶を手繰《たぐ》るように遠い目をする。

しかし、一華をさほど待たせることなく、すぐに首を横に振った。

「なんだか、正直ここに来るまでは半信半疑だったんですけど、……少し、納得いったような気がします」

「今は少しで十分です。不思議な体験をしたという話はよく聞きますが、説明した通り、ほぼ脳の作用なんですよ」

「……ちなみに、これはただの興味本位なんですけど、泉宮先生が相談を受ける中で、本物の心霊体験だって判断したことはあるんですか？」

「いいえ、一度も。すべて、幻覚です」

「すべて……」

「ええ。ちなみに、今日現在までノークレームですよ」

そう言って笑うと、由衣の瞳の奥で最後まで燻っていた迷いが、スッと消えたように見えた。

現に、それを機に顔色が格段に良くなり、由衣はようやく心からリラックスした表情を浮かべ、カップの紅茶を飲み干す。

「一旦、納得しました。でも、また不安になったら来てもいいですか？」

「ええ、いつでも」

頷くと、由衣は深々と頭を下げ、カウンセリングルームを後にした。

一華はひとまずほっと息をつき、次の予約までまだ時間が空いていることを確認すると、大きく伸びをする。

「……都市伝説、ねぇ」

思わず呟くと、足元にふわりとタマが現れ、にゃぁと鳴いた。

一華はその柔らかい体を抱え上げ、額を合わせる。

「どう思う？　さっきの話」

自らの役割上、由衣には幻覚として納得してもらったものの、正直、一華の中には今もまだ、多くの違和感が残っていた。

もちろん、心霊体験のほとんどが脳の作用によるものだという由衣への説明は嘘ではないし、実際に、受ける相談の九割方がそれにあたる。

ただ、由衣の体験談に関しては、うまく言葉にできない、いわば勘が騒ぐような感覚がしばらく抜けなかった。

ついでに言えば、もし由衣の話が正真正銘の心霊体験だった場合、そんな異常な現象を引き起こした霊は他とは一線を画する〝やばい霊〟であり、翠が追い求めている霊の条件に合う。

ただ、これまで一華からすすんで翠に情報提供したことはなく、協力的だと思われるのもなんだか癪《しゃく》であり、一華は携帯を手にしたまましばし考え込んだ。

しかし、ダラダラ悩む時間の方がよほど無駄だと思いはじめ、結局通話をタップし、繰り返す呼び出し音を聞きながら天井を仰ぐ。

「……ひとまずは、遠回しに匂わせるだけね」

思わず零れたのは、誰宛でもない言い訳。――そして。

「あれ、一華ちゃん？　もしかして、なんかいい感じの情報でも入手した？」

その、まるで一部始終を見ていたかのような第一声に、一華はクラッと眩暈を覚えた。

「まさか、また式神使って盗聴してたんじゃないでしょうね」

疑うのも無理はなく、なにせ翠には前科がある。

しかし、翠は可笑《おか》しそうに笑いながら、それを否定した。

「いやいや、それはもうできないんだって。なにせ、タマが最近俺にめちゃくちゃ反抗的だから」

「田中がいるじゃない」

「急に呼び捨て……？　ってか、タマは田中さんにも反抗的だから、行ったたって追い返されるよ。今やタマは一華ちゃん専属の忠犬……忠猫？　いや忠ヒョウか」

「そういう言葉遊びはいいから」

冷たくあしらいながらも、本音を言えば、〝専属の忠ヒョウ〟というワードに、一華は少し心を掴まれていた。

膝の上のタマを撫でると、タマはどこか誇らしげに耳をぴんと立て、その可愛さについ心が緩む。

「……いや、悪くないかも、忠ヒョウ」

思わずそう呟くと、翠が満足そうに笑った。

「仲良さそうでなによりだよ。……それで、結局なんの電話だったの？」

「あ、そうだった。一応探偵の翠に聞きたいことがあって」

「一応じゃないけど、なにを？」

「ネットの匿名掲示板に投稿した人の素性って、特定する方法はあるの？」

「投稿した人の素性？　個人情報のこと？」

「そう」

そんな質問をした意図は、ひとまず、プッツリと投稿をやめたという過去の都市伝説の体験者たちが、現在無事なのかどうかを確認する方法を探るため。

その結果如何で、由衣の体験が霊的なものかどうかを、ある程度判断できるのではないかと一華は思っていた。

もし全員が今も無事に過ごしていた場合は、少なくとも投稿をやめたのは演出だという判断ができるからだ。

しかし。

「まあ、可能は可能だよ。たとえばネット上で誹謗中傷《ひぼうちゆうしょう》してきた相手を訴えたいときなんかは、よく弁護士が仲介してサイトの管理者に開示請求したりするじゃん」

翠は、まるで一華の反応を探るかのように、もっとも模範的な回答をした。

「いや、その、そういう手段なら私も知ってるんだけど、……そうじゃなくて、独自で調べられるような技術を、翠は持ってないのかなって」

「独自ってのは、ハッキングってこと？……それ、犯罪だよ？」

「…………」

「え、なに考えてんの、怖……」

「待って、怖い話じゃないの。ちょっと知りたいだけで」

「ちょっと知りたいも犯罪だから。まさか一華ちゃん、誹謗中傷された？　そいつを裏で始末したいっていう話？」

「そんな物騒なことを淡々と言わないで。そんなこと考えるはずないでしょ」

「いや、普段真面目な人に限って、意外とやばいことを考えてるものだし」

「だから、そうじゃなくて……」

遠回しに本題を匂わせるつもりが、翠の妄想が飛躍したせいで収拾がつかなくなり、一華は頭を抱える。――結果。

「……ネットで話題になってる都市伝説の結末を知りたいのよ」

不本意ながらも、通話が始まってからものの数分足らずで白状することになった。

「都市伝説？　どれのこと？」

「普段利用する電車に乗ったはずが、名前のない駅に着いちゃって――、って話。知ってる？」

「知ってるよ、超有名なやつじゃん。駅の周りを彷徨って、奇妙な体験を実況するやつでしょ？」

「そう。実はついさっき、それと似た体験をしたっていう相談があって。私は、霊がそんな大掛かりなことをするなんて無理だと思ってるんだけど、相談者が、他の投稿者たちと同様に自分も消えちゃうんじゃないかって不安がってたから、念のために調べられたらって」

「……やば」

「……そうだよね、やっぱりあり得ないよね。翠にそう言われるとなんだか冷静になれたわ」

「そうじゃなくて、それ神隠しの典型じゃん……！」

一気に高揚《こうよう》した翠の声を聞き、一華はようやく「やば」が逆の意味だと察した。

「その話、詳しく聞きたい！　そもそも、過去の体験者の現在を調べるよりも、その相談内容を検証した方が早いよ！」

「ちょっ……、一旦落ち着いてよ。神隠しってどういう……」

「それもちゃんと話すから、今日会える？　仕事終わった後、そっちに迎えに行ってもいい？」

「え、……今日？」

「そうと決まれば、先にいろいろ調べておきたいことがあるから、じゃ、また後で！」

「私まだオッケーしてな……」

「あ、大丈夫だよ、焼きそば作る準備しとくから」

「は？　待っ……」

結局、一華の言葉はまったく届かないまま、一方的に電話を切られてしまった。

携帯を手にしたまま呆然とする一華を見上げながら、タマがこてんと首をかしげる。

「ねえ、……あなたの主人の暴走癖、なんとかならないの？」

『にゃぁ』

「まるで私が焼きそばを期待してるみたいな言い方も、地味に腹立つんだけど」

『……にゃぁ』

タマが言語をどこまで理解しているのかわからないが、申し訳なさそうに耳を垂らす様子を見て、一華は脱力する。

しかし、気が緩んだのも束の間、突如パソコンに次の相談者の案内通知が届き、慌てて白衣の襟を正した。

もう仕事の合間に翠に連絡するのはやめようと、心に誓いながら。


「――一応言っておくけど、私、翠の焼きそばを気に入ってるわけじゃないから」

「大丈夫、炒飯の材料もある」

「そういう話じゃない」

電話での宣言通り、翠は一華の退勤時間に合わせ、車で迎えにやってきた。

内側からドアを開けたときのいかにもご機嫌な表情を見て、げんなりした一華が真っ先に口にしたのが、先の台詞。

ある意味予想通りというべきか、翠の返事はまったく的外れだった。

しかし、これまで散々振り回されてきた一華は、都合が悪くなるとあえて会話の歯車を少しずらす翠のやり口に気付いている。

ただし、一華が放った、「翠の焼きそばを気に入ってるわけじゃない」という宣言もまた、事実ではなかった。

本音を言えば、気に入っていると表現しても間違いではない。

一華には、人と話しながら食べる温かい食事というものに、幼い頃からあまり縁がなかったからだ。

男性の立場が圧倒的優位という時代錯誤な蓮月寺では、一華が食事を摂るのは家族の中で一番最後と決まっており、一華の部屋に運ばれる頃にはすっかり冷めてしまっていた。

さらに、世話係から終始細かいマナーを指摘されながらそれを食べるという、今思えば酷く息の詰まる環境下での、食事というより教育だった。

当時はそれが日常であり、疑問にも思わなかったけれど、いざ実家を出てはじめて一人で外食したときのことを、一華は今も印象的に覚えている。

なんでもない定食屋に入り、湯気がふわりと上る料理を出され、「お熱いのでお気をつけください」と言って微笑む店員の言葉に、一華は胸が詰まるくらい感動した。

たとえ万人に言うマニュアル通りの台詞であったとしても、食事にあまりポジティブな印象を持っていなかった一華にとって、それは特別な体験だった。

そんな過去を持つ一華だからこそ、前回の雑居ビルでの調査の後、自分も疲れているだろうに炒飯と焼きそばを作ってくれた翠には、正直、少しだけ、胃袋を摑まれてしまっている。

ただし、そんな言葉を躊躇いなく言える程、一華は素直ではなかった。

結果、互いに歯車をずらしたり誤魔化したり嘘をついたりしながらも、結果的に会話が成立してしまうという不思議な関係になりつつある。

「じゃあさ、どっか店入って話す？　今回はさすがに人に聞かれたくない内容が多いから、個室を探さなきゃいけないけど」

「今から？　いいよ、もう準備してるんでしょ？」

「いや、電話でそう言ったものの、さすがに俺の可も不可もない料理をたびたび食べさせるわけにもいかないなっていう気持ちもあって。だいたい、準備っていっても野菜切るだけだし」

「……………」

「悪いんだけど、運転中だから検索してもらっていい？　個室が空いてる店」

「……だから、いいってば」

「うん？」

「あんたが作った焼きそばでいいから。……店を探す時間が勿体ないし」

ごく自然に言ったつもりが、横で翠がかすかに笑ったような気配がして、もしかしたら試されたのではないかと一華はふと思い立つ。そして。

「りょーかい。なんだかんだで、俺の作る焼きそばが、いいってことで」

さも満足げな翠の声を聞き、確信すると同時に頭を抱えた。

結局、自分はいつもこの男におちょくられ、反応を面白がられているのだと。

ただ、不思議なことに、以前程不快感はなかった。

一華は、これはただの慣れだと、決して受け入れているわけではないと、慌てて自分に言い聞かせる。

そして、ひとまず気持ちを切り替えようと窓の外に視線を向けたものの、つい、翠が作るソースが濃いめの焼きそばが頭に浮かんでしまい、上手くいかなかった。

やがて事務所に着くと、翠は早速簡易キッチンで食事作りを始めた。――ものの。

「それで、都市伝説のまんまの経験した人がいるんだって？」

「それより、神隠しってどういう意味？」

「先にそっちの話聞かせてよ。神隠しに遭って普通に帰還した体験者なんて、超レアなんだから」

二人の話題は由衣の件で渋滞し、翠の作業はなかなか進まなかった。

一華はひとまず翠の要求通り、翠が調理をしている間に、他言無用だと念を押した上で由衣が語った内容をすべて伝える。

翠はようやく手を動かしながら黙って聞いていたけれど、その表情は、話が進むごとに明らかに高揚していた。

そして。

「……それ、ガチのやつだ」

すべて聞き終えた翠の感想は、満足げなそのひと言。

翠は完成した焼きそばを応接用のテーブルに運び、しかし食べている場合ではないとばかりに一華に視線を向けた。

「それ、レアな帰還者の中でも、群を抜いて特殊な例だよ」

「特殊は特殊だけど……、ちょっと突き抜けすぎてて」

「そこがいいんだって！……あ、冷めるから一華ちゃんは食べながら聞いて。……で、神隠しの話なんだけど、耳にしたことはあるよね？」

「まあ、一応は。でも、つまり行方不明のことでしょ？」

「そうなんだけど、あまりにも忽然《こつぜん》と失踪したときなんかによく使われる言葉だよ。理由も思い当たらず、手がかりもないってときに」

「それが、霊の仕業だって言いたいの？」

「もちろん全部じゃないけど、確実に、一部はそう。失踪者たちは多分、由衣さんが体験したような、現実には存在しない場所に迷い込んでるんだ」

「その、存在しない場所を、霊が作り出してるってこと？　だとすると、駅を含む山の中の集落ひとつ作ってるってことになるけど、そんなこと本当にできるの？」

それは、由衣の体験を幻覚か霊の仕業か判断する上で、一華が幻覚説に傾くに至った重要な点のひとつだった。

霊の仕業と考えるには、あまりにもスケールが大き過ぎると。

しかし、翠はあっさりと首を縦に振る。

「できるよ。いや、できる霊も存在するっていう言い方が正しいかな。由衣さんはおそらく、霊自身が抱える精神世界の中に迷い込んだんだよ」

「精神世界……？」

「一華ちゃんは、前に吉沢の霊の意識に引き込まれたでしょ？　吉沢の意識の中だと、彼は流暢に喋ってたと思うんだけど、精神世界はそれのもっと大きいバージョンだって考えてもらうとわかりやすいかも。ちなみに、精神世界を持っているような霊は、生前にも強い世界観を持っていた場合が多いんだ。死んでもそれを強く持ったまま彷徨っているせいで、時折、感覚の鋭い人間が迷い込んじゃうんだよ」

「人が迷い込む程の強い世界観って……」

「やばいよね。本人にとってはいわゆる理想的な世界なんだろうけど、おそらく世間とは大きく価値観がズレていて、現実には存在し得ないような場所だからこそ、なおさら強く望むわけ。……で、その気持ちがあまりにも強いと、死後に精神世界を創造してしまう……ってことじゃないかと、俺は予想してる。例を挙げるなら、世の中はこうあるべきみたいな考えを強く持ってるタイプ。あと、極端な思想を持った新興宗教に心酔してる人とか」

「ちょっと待ってよ……、あまりに現実味がなくて理解に苦しむんだけど、仮にそうだとして、……つまり、由衣さんが迷い込んだ精神世界には、その持ち主が存在するってこと？」

「そういうこと！　で、持ち主は十中八九、登場人物の老婆だね」

「そこらじゅうに立ち入り禁止のエリアを作って、『神罰』って書いたお札を下げてたっていう……？」

「まさに、特殊な思想を持ってそうじゃん。そもそも、それら全部を由衣さんのただの妄想として片付けるには、設定があまりに細か過ぎるよ」

その部分に関しては、確かに翠の言う通りだと一華も思っていた。しかし、それを加味してもなお、翠の話は簡単には受け入れられない程に奇想天外だった。

「だけど、そんな霊がいるなんて、とても……」

信じられない、と。少し前の一華なら躊躇いなく言い切っていただろう。

ただ、翠と出会って以来、概念を覆されるような特殊な霊を散々視てきた一華には、安易に否定することができなかった。

酷い眩暈を覚えながらも、一華はひとまず翠の推測を肯定するという前提のもと、疑問点を探す。

「……じゃあ、由衣さんの話に出てきたもう一人の登場人物は？　まさか、それも老婆の精神世界の一部ってこと？」

「それもなくはないし、生前に老婆と関わりが深かった人なら出てきても不思議じゃないけど、……でも、由衣さんを助けたってなると、違いそうだよね。その人も、由衣さんより前に迷い込んだ犠牲者《ぎせいしゃ》かも」

「だったら、他人を助けてないで自分が逃げればいいんじゃ……」

「逃げられるなら、逃げてるでしょ。多分、なんらかの事情があるんじゃない？」

「事情って、たとえば？」

「もう戻るべき肉体がない、とか」

翠がサラリと言った言葉の意味を理解した途端、背筋がゾッと冷えた。

「それって、精神世界に迷い込んでる間に、肉体が死んじゃったってこと……？」

確認のための問いかけに、翠はあっさりと頷く。

「さすが、理解が早い」

「だけど、その肉体はいったいどこに……」

「神隠しに遭うと肉体の方も大概見付からないんだけど、今回はそのヒントも探したいところだよね。老婆の精神世界の中で」

「は？　探す……？」

途端に、嫌な予感がした。

かたや、翠はワクワクした様子で頷く。

その表情を見ていると、とてもあり得ないと思っていたひとつの可能性が、頭の中で一気に存在感を増した。

「ねえ、まさかと思うけど」

「うん」

「その、老婆の精神世界に潜入しようなんて考えてないよね？」

言葉にすると、いかに非現実的なことであるかをなおさら実感し、頭がスッと冷静になる。

しかし。

「そりゃ、考えてるよ。精神世界を持った霊なんて〝やばい霊〟の最高峰だからね。ってことは、俺の視力がその老婆に奪われた可能性もあるし。一華ちゃんもそう思ったから情報をくれたんじゃないの？」

翠は当たり前のようにそう言い放った。

「それは、確かにそうなんだけど……、でも精神世界に潜入するなんて、発想が飛躍しすぎでしょ。普通に老婆の気配を探せばいいだけの話じゃないの……？」

「いやいや、精神世界を持ってる霊を普通に探したって到底見つからないよ。さっきも言ったけど、精神世界は彼らにとっての理想の世界で、いわばもっとも居心地のいい場所なんだから。わざわざ出てくる理由なくない？」

不本意ながらも、翠の言葉は筋が通っていた。

ただ、それはあくまで理屈上の話であり、仮に実行しようと考えた場合、一華には到底拭えない大きな疑問がある。

「……ずいぶん簡単に言ってるけど、そもそも、その精神世界をどうやって見つけるのよ」

まさに、その問いがすべてだった。

しかし、翠は眉ひとつ動かさず、突如、背後に視線を彷徨わせる。――そして。

「田中さん、いる？」

呼びかけるやいなや、翠がもっとも身近に従えている式神、田中がふわりと姿を現した。

一華は思わずビクッと肩を震わせる。

田中とはもう何度も顔を合わせているけれど、悲壮感漂うその不気味な見た目はまさに典型的な幽霊であり、姿を現した瞬間に過剰に反応してしまう癖がいまだに抜けていない。

「な、なんで今田中を……。っていうか、出てくるたびにいちいちちょっとだけ気温下げるのやめてくれない？　どうせわざとでしょ？」

「霊を相手にそんな無茶な苦情を言うの、一華ちゃんくらいだよ」

「普通に出てきてほしいのよ、こっちは」

「扱いが雑だなぁ、気付けば呼び捨てても定着してるし……。何故か田中さんは満更でもなさそうだけど」

翠は〝無茶な苦情〟と言いながらも、一華の反応を楽しげに笑った。

おそらく、怖いと逆に怒りが込み上げてくるという一華のおかしな体質を、すでに理解しているのだろう。

それはそれで癪だが、これ以上の応酬は不毛でしかないと、一華は言い足りない文句を渋々収めた。

「で、田中がどうしたの」

「いや、田中さんがいれば、精神世界の入口を察知してくれるんじゃないかなって思って」

「……どういうこと？」

まさかの言葉に、一華は目を見開く。

一方、翠はさも当たり前のように説明を続けた。

「単純なことだよ。霊が作り出したものだったら、当然霊の方が俺らよりその存在に敏感だろうってだけの話。中でも田中さんは霊の気配に特別聡《さと》いから、一番適任なんじゃないかって。しかも、今回は由衣さんのお陰で精神世界のおおまかな場所も、迷い込む直前の行動も完璧にわかってるわけだし、田中さんを連れて同じコースを辿れば上手く潜入できそうな気がするんだよね」

「なるほど。理屈だけは、一応わかったけど……」

「けど?」

「精神世界に潜入するって話、本気で言ってたんだなって」

「当然」

「もし本当に行けたとして、帰ってこられるの?」

「入れるんだったら出られるでしょ、多分」

「多分……?」

「なにせ、自ら好んで入ったなんて話、聞いたことないからさ」

「そんな、のん気な……」

「貴重な経験になりそうだね」

翠の口調から、自分の同行も決定しているらしいと一華は察する。

協力関係にあるぶん、そうなるだろうと思ってはいたけれど、一華は思わず天井を仰いだ。

「貴重っていうか、もうそれ命懸けじゃない……。なんでそんなに平然としてられるの……？」

「そりゃ、それ相応の目的があるからだよ」

「だからって、なんの迷いもなく……？　私に言わせれば、どっか壊れてるとしか思えないんだけど。そもそも、翠が躊躇ったことってあるの？　怖くて二の足を踏んだこととか」

皮肉を込めて言ったものの、翠はようやく食べ始めた焼きそばを咀嚼《そしゃく》しながら、首をかしげる。

もはや答えを待つまでもないと、一華は翠から視線を外した。――けれど。

「今はわかんないけど、昔はいつも怖かったよ」

返ってきたのは、意外な答えだった。

「またそんな嘘を」

「嘘じゃないって。そりゃ、俺だって一応霊能一家の長男で、周囲の皆が俺を後継ぎとして見てたから、必死に取り繕ってはいたけど。……心をコントロールするのってそう簡単じゃないからね。おまけに、弱音を吐けるような環境じゃないし、縋《すが》るものもないし」

「じゃあ、どうやって克服したの」

「どうだろ。ざっくり言えば慣れなのかも」

「……慣れ、ねぇ。ざっくりまとめられる能天気さじゃなく？」

「言うね。だけど、キッカケは明確に——」

「明確に？」

「……あった気が、しなくもないような、って」

「明確って言わないのよ、それ」

翠は今、明らかになにかを誤魔化したと、一華は気付いていた。

ただ、わざわざ問い詰めることもないと、あえて流した。

気にならないと言えば嘘になるが、そのときの一華は、誤魔化されたこと以上に、翠にも苦悩の過去があったという事実に、密かに驚いていた。

なにせ、翠の実家にあたる二条院は、霊能に携わる者なら誰もが知る名家。

そこに長男として生まれた翠はさぞかし優遇され、恵まれた生活を送っていたのだろうと一華は勝手に想像していた。

そう考えるに至った理由は、他でもない、七歳上の兄の嶺人《れいと》の存在。

嶺人は子供の頃から周囲に手厚く守られ、なによりも優先され、特別な存在としてひたすら持ち上げられて、一華にとっては普通に話しているだけで疲れてしまうくらいの、良くも悪くも自信に満ち溢れた特殊な人間になった。

今や、一華の中で嶺人という存在は、兄というより「蓮月寺の後継者」という、まったく別の生き物のような認識になっている。

そんな嶺人と似たような人生を送ってきたはずの翠は、また違ったおかしさはあるものの、性質は似ても似つかない。

「……まあ、別の人間だし」

ついひとり言が零れ、翠が首をかしげた。

「どした？」

「なんでもない。それより、いつ決行する気なの？」

「それなんだけど、今回はもうちょっと情報を揃えておきたいから、すぐにってわけにはね」

「情報って、たとえば？」

「由衣さんが降りた、名前のない駅のこととか。精神世界だからってゼロから創作するとは思えないし、だとすると、過去に実在していた駅なんじゃないかと思って。だから、由衣さんが救助された津田沼駅のあたりを中心に、過去に廃線になった路線の駅を調べてみようかなって」

「あと、その付近にあった村や集落も。……できれば、その怖い老婆の素性も可能な限り探っておきたいし。だから、決行は早くて十日後くらいかな」

「なるほど」

「まるで探偵みたいね」

「いや、探偵なんだよ」

もう何度か繰り返した戯れのやり取りだが、翠は無邪気に笑う。

うっかりつられて笑いそうになり、一華は慌てて焼きそばに集中した。

「それ、もう冷めちゃってるでしょ？　レンジで温め直す？」

「大丈夫。まだ温かいから」

「いやいや、そんなはずない」

「あるのよ、それが」

「そう？……一華ちゃんがいいなら、別にいいけど。たまに意味わかんない嘘つくんだよな」

翠は怪訝な表情を浮かべながらも、すっかりダマになった焼きそばを口に運ぶ。

ふと、この光景を互いの親が見たら卒倒するかもしれないと想像してしまい、たちまち込み上げた笑いを今度は堪えることができなかった。

「……なんで笑ってんの？」

「気にしないで」

「つられるんだけど」

がらんとした事務所に、二人の小さな笑い声が響く。

一見すれば、とても平和な光景だった。

しかし、早ければ十日後には霊の精神世界に潜入しようとしているという現実を考えた途端、たちまちヒリヒリする程の緊張に襲われる。

それも無理はなく、翠との調査は次でもう五度目となるが、すんなり終わったことなどただの一度もない。

それどころか、たびたび死がチラつく程の窮地に追い込まれている。

一華は、次こそすべて想定内に収まりますようにと切実に願いながら、こっそりと溜め息をついた。

その願いはきっと叶わないだろうと、薄々感じていながら。


「——楠刃《くすば》村の、魔女……？」

ついに決行となったのは、翠の事務所でこの話をしてから半月程が経った、金曜の退勤後。

二十二時、一華が待ち合わせに指定された上野駅のスタバに着くやいなや、翠は動画サイトを開いたタブレットを一華の方に向けた。

そこに表示されていた動画のタイトルこそ、一華が思わず口に出してしまった、「楠刃村の魔女」。

さも仕事帰りといった様子の男性数人から同時に視線を浴び、一華は慌てて手のひらで口を押さえた。

「俺は別にいいけど、大きな声出すとやばい奴だと思われるよ？」

「こんな不穏なタイトルをいきなり見せられたら驚くでしょ……。っていうか、いつも思うけど、もっと人の少ない場所ないの？」

「上野で無茶言わないでよ」

確かにその通りだと思いながら、一華は渋々ディスプレイに視線を落とす。

ちなみに、二人が上野に集合した理由は、由衣とまったく同じ行動を取るため。

つまり、二人はここで由衣が乗った路線の終電を待つわけだが、その前に翠が入手したという数多くの情報を共有してもらうべく、少し早めの集合となった。

「で？　この動画は？」

「半年くらい前にアップされたやつなんだけど、とりあえず、一回見てみて」

翠はそう言いながら、片方のイヤホンを一華に渡すと、早速再生ボタンをタップする。

再生が始まると同時に気味の悪いＢＧＭが流れ、「子供の頃に住んでいた、魔女の住む村に行ってみた」というテロップが表示された。

しかしそれもすぐに消え、画面は、車を走らせながらフロントガラス越しに暗い夜道を映す映像に切り替わる。

かなりの悪路《あくろ》を走っているのか、画面はたびたび大きく揺れた。

映像酔いしそうで、一華は咄嗟に画面から視線を逸らす。しかし、それとほぼ同時に、イヤホンから配信者のものと思われる男の声が響いた。

『実は私、中学生の頃までこの先にあった楠刃村ってところで育ったんです。でも、村の生命線とも言える電車の廃線が決まってしまいまして。それじゃ生活に不便だし、村が孤立してしまうってことで、親が千葉市内に引っ越しを決めたんです。ちなみに、その後も続々と村民が減って、数年後には廃村になったと聞きました。……で、そんな楠刃村が心霊スポットとして有名になってるって話をネットで知ったので、今日は久しぶりに行ってみようと思います』

男が冒頭の説明を終えると、ふたたび暗い夜道を走る映像が続く。

その間、画面には「楠刃村の怖い噂」というテロップが表示され、楠刃村を訪れた人たちの恐怖体験が、文字で次々と羅列された。

中でも多いのは、老婆の姿を見たというもの。

そもそも楠刃村には樹齢千年はくだらない楠《くすのき》の巨木が存在し、隠れたパワースポットとして訪れる者が年々増えていたようだが、しかし、そこで不気味な老婆を見たという体験談が続出したため、今やすっかり心霊スポットとなってしまったとのこと。

体験談がひとしきり流れ終わると、ふたたび男が口を開く。

『その老婆なんですけど、実は私、それっぽい人に心当たりがありまして。ずいぶん昔のことなのに、あまりに変わった人だったので、強烈に覚えてるんです。昔はどの街にも、子供たちを怒鳴りつける名物老人がいたって話をよく聞きますけど、その老婆もまさにそんな感じで。でも、怒り方がちょっと常軌《じょうき》を逸しているんですよ。あと、怒るポイントもかなり謎で。……っていうのが、その老婆は村のあちこちに立ち入り禁止エリアを作ってるんです。それで、そこに立ち入ると、本気で殺しかねない勢いで追いかけてくるんですよ。……なんだったかな。〝神罰が下る〟みたいなことを叫びながら』

男が「神罰が下る」という言葉を口にした瞬間、一華は思わず目を見開いた。

その反応を見た翠が、ニヤリと笑う。

同時に、一華は確信していた。翠は、この男が動画の中で訪れようとしている楠刃村こそ、由衣が迷い込んだ場所、――つまり、老婆の精神世界の基となった場所であると推測しているのだと。

なにせ、この男が語る話は、老婆に謎の立ち入り禁止エリアに神罰にと、由衣から聞いた話とあまりに一致していた。

正直、動揺が収まらなかったけれど、翠から続きを見るよう視線で促され、一華は戸惑いながらも画面に視線を戻す。

動画の中では、男がさらに説明を続けた。

『ネットでは、老婆が刃物を持って追いかけてきたっていう、漫画みたいな体験談もあったんですけど、実は私が住んでた当時、似たような事件が実際にあったんですよね。私が小学生の頃なんですが、友人が、皆で立ち入り禁止エリアに侵入して、老婆をからかってやろうって言い出して。……嫌な予感がして気が乗らなかったんですけど、案の定、怒った老婆がナタを持って追いかけ回してきたんです。しかも、〝命を捧げてもらう〟とか、〝神罰は末代まで続く〟とか、不気味なことを叫びながら。慌てて止めに入った大人が怪我《けが》を負ってしまって、もう、大騒ぎですよ。ただ、怪我も軽傷でしたし結局は警察も呼ばずに穏便に済ませたんです。普通なら、そんなヤバい奴は早く捕まえた方がいいって思うでしょうが、……でも、後から親に聞けば、楠刃村にはいろいろと複雑な事情があったみたいで――』

男の話によれば、老婆は楠刃村を含む辺り一帯の山を所有する、いわゆる地主だったとのこと。

村長はいたが名ばかりで、事実上は、老婆の家系が代々楠刃村を牛耳っており、村内には、狭い社会にありがちな歪んだ権力関係が存在したらしい。

ずっと楠刃村で生きてきた大人たちはそれを当たり前として受け入れていたが、それが壊れ始めたのは、老婆の父親が亡くなり、老婆に代替わりしてからのこと。

老婆はその頃から奇妙な宗教に心酔し、村におかしな決めごとを次々と作り、それらを守るよう村民に強要しはじめたのだという。

点在する立ち入り禁止エリアも、その内のひとつ。

男によれば、立ち入り禁止だけでなく、そのエリアの近くを通るときは、絶対にそこに背を向けてはならないという、謎の決まりもあったらしい。

村民たちも最初こそ抗議していたけれど、老婆がヒステリーを起こして暴れるため、そのうち、老婆はおそらく心を病んでいるのだろうと、ならばまともに相手をするよりは、適当に従いつつあしらった方が楽だという結論に達した。

しかし老婆の異常行動は加速するばかりで、次第に若い世代の中で、「魔女」と揶揄されるようになり、どんどん孤立していく。

傷害騒ぎが起きたのも、まさにその頃のことだと男は語った。

そこでようやく映像が切り替わり、次に流れたのは、男が歩きながら撮影する、木々に囲まれた細い道。

そのシーンはしばらく早送りで流れ、やがてテロップに、「楠刃村跡に到着」と表示された。

辺りはかなり暗かったけれど、男が懐中電灯で照らすと、確かに廃墟や瓦礫《がれき》の山がいくつも確認できる。

男は、さっきの細い道に比べてずいぶん開けたエリアを、ゆっくり歩きながら散策した。

『ネットの位置情報ではこの辺りなんですけど、そもそも当時の記憶がほとんどないし、建物はほぼ倒壊してるから、懐かしさとかは全然感じないですね……。ただ、楠刃村は深い森を切り開いて作った村なので、森を歩いてたらいきなり景色が開けるっていうこの感覚には、少しだけ覚えがあります。ちなみに、今のところ老婆の霊は見当たりません。一応言っておきますが、その老婆は僕がいた当時でもかなり高齢だったので、実はまだ生きてて徘徊《はいかい》してるだけ、なんてオチはあり得ません』

男はそう言いながらどんどん奥へと進み、崩れた建物や古い井戸など、不気味なものを発見するたびに紹介していく。

基本的には淡々とした語り口だが、時折、おぼろげな思い出話が織り混ぜられるところから、この男が楠刃村で育ったという話は事実なのだろうと一華は思った。

男はその後も辺りを散策するが、それらは短く編集され、最終的に車に戻った男は、ふたたびフロントガラス越しに外にカメラを向ける。そして。

『では、今日は楠刃村跡で一泊してみます』

そう言うやいなや映像はふたたび早送りになり、やがて周囲が明るくなると同時に、「翌朝五時」とテロップが表示された。

男はふたたびカメラを手に車の外に出ると、ぐるりと車の周囲を映す。

『老婆どころか、なにも現れませんでしたね。ちょっと残念』

しかし、突如なにかを見つけたかのように、そこから少し奥に見える森の一点に向けてズームアップした。

『昨日は暗くて見えなかったけど、あれが楠刃村の名前の由来となった、楠の巨木です。この位置からだと全体は見えませんが、森の中であそこだけ異様に盛り上がってるから、すぐわかりますよね。ようやく記憶にあるものを見つけましたが、僕は楠には特別な思い入れがないので、見ずに帰ります。でも、最近はパワースポットとして有名になりつつあるようなので、皆さんよかったら訪ねてみてください』

その言葉を最後に、動画は幕を閉じた。

一華がイヤホンを外すやいなや、翠が満面の笑みで一華の顔を覗き込む。

「由衣さんが視た老婆って、絶対この人が話してた地主のことだよね？　内容も結構信《しん》憑性《ぴょうせい》高いし、こんな動画よく見つけてきたと思わない？」

「……それは、まあ」

素直に感心するのは癪だが、日々アップされ続ける途方もない数の動画の中から、これを探し当てたのは確かに快挙でしかない。

しかし。

「でも、この男の人は楠刃村で一晩過ごしてるみたいだけど、霊障《れいしょう》ひとつ起きてないよね……？　老婆は精神世界を持つほどの強力な霊でしょう？　そんな霊に由縁のある場所なら、普通は命すら危ないはずなのに」

一華は、動画に霊らしきものがなにも映っていないどころか、男にまったく影響がなかったことに、少し違和感を覚えていた。

ただでさえ、心霊スポットと呼ばれるような場所に立ち入って撮影した場合、たとえ撮影主に視えなかったとしても、一華のような鋭い人間が見れば大概映像には数体写り込んでおり、しかもほぼ怒らせてしまっている。

山の中でただ静かに、浮かばれるのを待っているような霊などはとくに、無遠慮に場を荒らされることを酷く嫌うからだ。

すると、翠は意味深な間を置き、配信主のアイコンを指差した。

「動画の中では確かに無事なんだけど、……実は、これを配信した男の人、三ヶ月前から行方不明なんだ」

「は……？」

いきなり知らされた衝撃の報告に、一華は目を見開く。

すると、翠はタブレットを一旦手に取り、なにやら操作をはじめた。

「過去の投稿履歴を見る限り、定期的に新しい動画をアップしてたんだけど、三ヶ月前からプツリと途切れてるから、気になって調べたんだ。そしたら、プロフィールページに紐付けられたSNSに、妻だって名乗る女性が代理投稿していて。その内容が、行方不明になった夫の情報提供を呼びかけるものだったんだよね。警察には行方不明者届を出しているけど、今のところなんの手がかりもないんだって。……見て、これが実際のページ。本人の写真や名前もしっかり公開してる」

ふたたび向けられた画面に表示されていたのは、SNSに投稿された記事。

翠が言っていた通り、そこには本人の写真や名前はもちろん、現時点までに判明している行方不明当日の行動まで、細かに掲載されていた。

大量についたコメントには、「拡散します」という協力的なものもあれば、動画サイトの視聴者が書いたと思しき「視聴回数稼ぎの釣りだろう」といった誹謗中傷も目立ち、ずいぶん混沌としている。

翠は延々と続くコメント欄をスクロールしながら、溜め息をついた。

「悪意のあるコメントも多いけど、行方不明は釣りじゃないよ。実際に届けが出されてたから」

「調べたのね。でも、だとすると、つまり……」

「そう。この人も〝神隠し〟の被害者かもってこと。ＳＮＳにもあった通り、名前は下《しも》川雄二《かわゆうじ》さん。千葉の成田市在住で、都内に勤める五十歳の会社員だってさ。千葉から都内に出勤してるってところは、由衣さんと同じだね」

翠は淡々と語るが、一華は言い知れない恐怖を覚えていた。

精神世界というものに対し、拭いきれずにわずかに残っていた半信半疑な気持ちが、二例目の可能性が出てきたことで、大きく揺らいだからだ。

しかも、一晩で脱出できた由衣とは違い、迷い込んで三ヶ月も経つとなると、現状無事でいるとは考え辛い。

「もし下川さんも精神世界に迷い込んだとするなら、楠刃村に行ったことが原因なのかな……」

さっきの動画が急に怖ろしく思え、一華は翠にそう尋ねる。

しかし、翠は曖昧に首を捻《ひね》った。

「いや、キッカケにはなったかもしれないけど、行ったこと自体より、下川さんが楠刃村出身で、老婆と面識があるってことの方が重要じゃない？　行くだけで標的になるなら、楠の巨木をパワースポットとしてありがたがってる人全員が危険じゃん」

「確かに……。だけど、それなら由衣さんが標的になった理由はもっと謎だわ……。彼女はまだ二十四歳だから、廃村の時点ですでに生まれていたかどうかも怪しいし、精神世界で見たものにはまったく見覚えがないみたいだったし……」

「だね。ま、老婆なりに指名の基準があるんでしょ」

「……急に雑じゃない」

「まあそう言わず。ちなみに、俺の調査にはまだ続きがあるから、見て」

翠がそう言いながらテーブルに出したのは、細かい文字がびっしりと打ち込まれた数枚の資料。

よく見れば、右上に小さく「全部事項証明書」とあった。

「なにこれ、戸籍？」

「惜しい。これは、不動産の登記簿謄本《とうほん》だよ。つまり、土地の所有者を調べるための資料。登記簿には種類があるんだけど、全部事項証明書には、過去の所有者も全部書いてあるんだ。つまり、楠刃村の番地で請求すれば、歴代所有者の情報がわかるってこと」

「所有者を調べたの……？　楠刃村の……？」

「なにポカンとしてんの。……忘れた？　動画の中で下川さんが、老婆は地主だったたって言ってたじゃん」

「あ……！　ってことは、これで老婆の素性が……」

「そういうこと。――で、多分この人だね」

翠がそう言いながら指差したのは、所有者の項目。

そこには、「加治木陶子《かじきとうこ》」と名前が記されていた。

「加治木陶子、さん……」

「だね。所有者が亡くなって相続人もいない土地は基本的に国庫に帰属するんだけど、こういう山の中なんかはとくに、なんの手続きもされないまま放置されてることが多いみたい。だから、今も所有者は加治木陶子さんのまま。……せっかく全部証明書を選んだのに、意味なかったよ」

「…………」

翠が平然と愚痴を零す一方、一華は加治木陶子という名前の欄から、なかなか目が離せないでいた。

これまで、老婆に魔女にと曖昧な呼び方ばかりを耳にしていたせいで、その存在自体もどこか曖昧に感じていたけれど、名前を知った途端にすべてが一気にリアルさを帯び、つい怖気《おじけ》付いてしまったからだ。

じりじりと込み上げる恐怖に静かに堪えていると、翠がこてんと首をかしげる。

「どした？」

「……いや、なんでも」

「なんでもないって顔じゃないよ」

「そ、それより、たった半月でここまで調べたの……？」

怖がっていることがバレないよう無理やり話題を変えると、翠はなにか言いたげながらも、すぐに誇らしげに笑った。

「下川さんの動画を見つけたことに関しては快挙だと思ってるけど、それ以外は仕事柄よくやってるし、たいしたことじゃないよ。登記簿謄本なんて、今はオンラインで簡単に取れるしね」

「へー、そうなんだ。すごいね……」

「潔いくらい気持ちがこもってないけど、やっぱどうかした？」

「そ、そんなことは。全然大丈夫」

「そう？……ま、でもそろそろいい時間だね。由衣さんの行動を完全再現するにはシートに座らなきゃいけないし、ホームに移動しておこうか」

翠がそう言って立ち上がった瞬間、いよいよかと、一華の心臓が不安な鼓動を鳴らしはじめる。

すると、翠は一華の前に片手を差し出した。

「繋いでおいていい？」

「……なんで今から」

「混雑する場所は気配も増えるから、一応視て確認しておきたいなって。関係ありそうな奴がいるかもしれないし」

「…………」

「早く」

急かされて渋々手を取りながら、どうやら不安を見透かされてしまったらしいと、一華は察していた。

けれど、楠刃村や老婆のことを知り、積もりに積もった恐怖と緊張が隠せなくなってきていた今、不本意にも、引かれた手から伝わる体温に安心感を覚えていた。

やがて目的のホームに着くと、翠は終電を待つ列に並び、ほっと息をつく。

「これなら座れそうだね」

「……一応聞くけど、本気で精神世界に行けると思ってる？」

「当然。田中さんも自信満々だし」

「あ、そう」

「俺の視力を奪ったの、加治木さんだといいなぁ」

「……ねえ、加治木さんじゃなくて、老婆か魔女って呼ばない？」

「なんで？」

「それは、……加治木さんに確定したわけじゃ、ないから」

「え、でもほぼ……」

「…………」

唐突にそんな提案をした理由は言うまでもなく、異常な現実から少しでも目を逸らしたいという、一華なりのささやかな抵抗だった。

咄嗟に繕った言い訳が通じないことはもちろんわかっていたし、今度こそ笑われるだろうと覚悟しながら、一華はおそるおそる翠を見上げる。

しかし、翠はとくに表情を変えることなく、あっさりと頷いてみせた。

「いいよ。老婆の方が雰囲気出るし」

「私は別に、そういうくだらない意図じゃ……」

「っていうかさ」

「は、はい」

「ありがとね。なんだかんだで、いつも俺に付き合ってくれて」

「は……？」

「ありがと」

「…………」

突然のお礼に呆然とする一華に、翠はいつもと少し雰囲気の違う、穏やかな笑みを浮かべる。

なぜだか胸が締め付けられたけれど、直後に電車が到着するアナウンスが響き、翠はパッと表情を明るくした。

「来た！」

「……楽しそうね」

「大丈夫だよ、一華ちゃんのことは俺が守るから」

「軽いのよ、セリフがいちいち」

いつも通りの返しができているかどうか、正直不安だった。

ただ、心を引っ掻き回されたお陰で、ひたすら膨らみ続けていた恐怖は少し落ち着いていた。

そうこうしている間にもホームに電車が入り、翠は意気揚々と乗り込むと、素早くシートを確保する。

由衣に車両番号やシートの位置を確認したわけではないが、翠が選んだドアに近い位置からは、外の様子がよく確認できた。

やがて発車を知らせるメロディが鳴り響くと、翠は一華の手をぎゅっと力を込めて握る。

「あとは田中さんが察知して誘導してくれると思うから、意識が曖昧になってきたら、逆らわずに従ってね」

そう言われて視線を上げると、ドアの前に、外を向いて立つ田中の姿が見えた。

ついにこのときが来てしまったと、一華は頭を抱える。

「……わかりたくないけど、わかった」

「そんな顔しなくても、心配いらないってば」

「そう言うけど、翠は毎回ツメが甘いじゃない……。こっちはいつもヒヤヒヤさせられっぱなしだし、お願いだから今回は気を抜かないでね。結局私が守る側になるなんて事態、本気で勘弁だから」

「いや、気は抜いてないんだけど、……でもなんか、いつもの一華ちゃんらしくなってきたね。主に文句が多いところが」

「ふざけないで」

内容が内容だけに、極力声を抑えて会話したつもりだったけれど、前に立っていた二人組の女性がかすかに笑い声を零した瞬間、一華は深く俯《うつむ》いた。

文句を言いながらも手を繋いでいる一華たちの様子は、さぞかしくだらない痴話《ちわ》喧嘩《げんか》に映っているのだろうと。

しかし、ただ居合わせた乗客に弁解するわけにはいかない上、そもそも「繋いでないとこの男には霊が視えない」なんて言えるはずもなく、生ぬるい視線を甘んじて受け入れるしかなかった。

そんな中、電車はついにドアを閉じ、ゆっくりと発進する。

同時に、タマがふわりと姿を現し、一華の膝の上で落ち着きなく周囲に視線を泳がせはじめた。

「タマがソワソワしてる……」

「だろうね。ただ、乗客の中にはタマが視える人もいるだろうから、膝から下りないよう気をつけておいて」

「田中はいいの？」

「田中さんは別に、どっから見ても霊だからいいんだ。でも動物霊は判別し辛いし、下手したら、一華ちゃんがペットを連れて乗ってきた迷惑な人だと誤解されるかもしれないから」

「どんな理屈よ」

どうでもいいことを真剣に語る翠がなんだか面白く、一華は思わず笑う。

このもっとも緊張すべき局面で笑えたことは、少し意外だった。

しかし、そんな小さな余裕は電車が進むにつれてすぐに消え、次第に翠との会話にも集中できなくなっていく。

しかも、こんなときに限って由衣から聞いた話が脳裏に鮮明に蘇り、一華の恐怖心を煽った。

あのときは、おそらく幻覚だろうと考えていたぶん平然と聞くことができたけれど、翠によって裏付けられた今は違う。

暗闇の中追いかけてくる老婆を想像しただけで、頭がクラッとした。

いっそ、精神世界への入口が見つからなかったというオチもアリだと思いながら、一華はふと田中に視線を向ける。

すると、同じタイミングで田中がくるりと振り返り、一華をまっすぐに見つめた。

「え、なに……？」

まさか田中に心を読まれてしまったのではないかと、込み上げた動揺から思わず声が漏れる。

それと同時に肩に鈍い衝撃を覚え、驚いて視線を向けると、翠が静かな寝息をたてながら一華に頭を預けていた。

「ちょっ……、驚かせないでよ……」

やけに気持ちよさそうな寝顔にすっかり脱力した一華は、苦情を言いながら翠の膝を何度も叩く。

しかし翠は一向に目覚めず、脱力から一転、なんだか不穏な予感を覚えた。――そして。

「翠？　ついさっきまで普通に喋っ――」

突如、一華の意思に反して声が途切れ、翠の膝を叩いていた手もシートにだらんと落ちる。

そのとき一華を襲っていたのは、とても抗うことのできない、暴力的な眠気だった。

あっという間に曖昧になっていく意識の中、一華は今になって、田中の視線の意味を理解する。

あれは、〝入口〟に着いたという、合図だったのだと。


「――一華ちゃん！」

目を開けた瞬間、まず最初に違和感を覚えたのは、奇妙なくらいの静けさ。

さっきまで混んでいたはずの車両に乗客の姿はほとんどなく、その数少ない乗客たちも、まるで車内の風景の一部であるかのように、俯いたまま動く気配がなかった。

「ここ……って」

思考がまだ上手く働かないまま視線を彷徨わせていると、翠が満面の笑みでドアの外を指差す。

見れば、外にはがらんとしたホームの風景が広がっていた。

さらに、ホームの奥は駅とは思えない程暗く、うっすらと確認できるのは、闇の中で木々が枝を揺らす様子。

「嘘、でしょ……？」

どうやら目的の場所に着いてしまったらしい、と。

そう認識するまでに、さほど時間はかからなかった。

やがて、呆然とする一華の耳に届いたのは、発車の合図と思しきけたたましいベルの音。

近年、発車の合図にベル音を採用している駅は少なく、あったとしても柔らかい電子音に変わっているが、それは思わずビクッとしてしまうほど大きく鳴り響いた。

「ほら、降りるよ！」

戸惑う一華を他所に、翠はずいぶん楽しげな様子で一華の手を引き、迷いなくホームに降り立つ。

ほぼ同時にドアが閉まり、電車がゆっくりと動きはじめた。

「え、待っ……」

途端に、もう二度と元の世界に戻れないのではないかという不安が込み上げ、一華は電車を目で追いながら、思わず息を呑む。

過ぎ去っていく電車のデザインが、鉄道にあまり詳しくない一華ですら違和感を覚える程に古めかしいものだったからだ。

ふと頭を過ったのは、目覚めたときに見た、車内の風景。

上野で乗ったとき、車内のシートは側壁に沿って設置される、よく見るタイプのものだったはずだが、思い返せば、目覚めたときに見た車内のシートは、二席ごとに向かい合わせに配置されていた。

酷く混乱していたせいで気に留める余裕もなかったけれど、さっきの電車自体がもう現実のものではないのだと察し、背筋がゾッと冷えた。

「一応聞くけど……、ここは、由衣さんも降りた名前のない駅ってことよね……？」

もはや疑う余地はないが、それでもなかなか受け入れられず、一華は最終確認のつもりで翠にそう尋ねる。

一方、翠は一華の不安な心境を他所にあっさりと頷き、興味津々といった様子でホームの散策を始めた。

「上手くいったみたいだね。さすが田中さん」

「…………」

「どした？」

「……別に」

驚く程普段通りの翠にうんざりしながら、一華は渋々翠の後を追う。

改めてホームを見回してみると、由衣から聞いていた話の通り、人の気配はまったくなく、駅員の姿も見当たらなかった。

しかし、そのとき。

「あ、あった！　これっぽい」

翠が唐突に足を止め、ホームにぽつんと建てられた、掲示物のない錆びた看板を指差す。

「なに、これ」

尋ねると、翠は携帯の画面を一華に向けた。

そこにはずいぶん古い写真が表示されていて、写っていたのは〝くすがやま〟と書かれた古めかしい看板。

ただ、よく見れば、看板の形や劣化具合に至るまで、一華たちの目の前にあるものとよく似ていた。

「この写真って、まさか」

「そう。現役だった頃の、この駅の写真。ここは〝くすがやま駅〟っていって、三十五年くらい前まで実際に存在していた駅なんだよ」

「三十五年……。そういえば、下川さんの動画でもそんなことを……」

「うん、電車が廃線になるから引っ越したって言ってたよね。あの動画を見つけた後、楠刃村の近辺で廃線になった路線を調べていて、この駅の情報を見つけたんだ。廃線が決まった後にかなりの鉄道マニアが訪れたみたいで、ネットに写真がたくさん上がってたよ」

「でも、こっちの看板には駅名が書かれてないけど」

「多分、老婆が駅名を知らなかったってことじゃない？　老婆はあまり電車なんて使わなそうだし」

「駅名を知らなかったから……？　あの、ちょっと言ってることがよくわからないんだけど……」

「だってここ、老婆の精神世界じゃん。風景なんかは精神世界の主の記憶に拠《よ》る部分が大きいんだろうし、興味なかった場所は適当なんだよ」

「……なるほど。そういうこと……」

翠がしてくれた説明には、納得感があった。

つまり、精神世界に存在しているものはすべて、老婆の脳内のイメージを形にしたものであり、すべてが現実通りではないということになる。

それを理解した上で改めて周囲を見回してみると、看板以外にも、明らかに不足しているものが次々と思い当たった。

たとえば、ベンチやゴミ箱や案内表示など。

どれも、ほとんどの駅に当たり前にあるものだが、利用しない人間にとっては思いつきもしないのだろう。

むしろ、あまりにもガランとしたホームの様子は、外から見てわかる情報以外のすべてが省略されているといった感じだった。

「電車のデザインが古かったのも、そういうことなんだ……」

一華は呟きながら、改めて周囲をぐるりと見渡す。

すると、翠がふいにホームの奥を指差した。

「改札に下りる階段って、あれのことだよね」

視線を向けると、ホームの端からそのまま下へと下る、簡素な石段が見える。

短い階段だが、その先は照明がほぼ届いておらず、ホーム以上に不気味だった。

「あの先に行くの……？」

「当然」

翠は当たり前のように頷き、戸惑う一華の手を引いてどんどん先へと向かう。

短い階段を下り、一段と暗くなった野晒しの通路を進むと、間もなく、ぽつんと佇む小さな小屋が見えた。

「なにかあるね。改札かな」

「多分。ホームの階段を下りた先に、小さな小屋と無人のアナログ改札があったって、由衣さんも話してたし……」

「まんまじゃん！」

みるみる憂鬱《ゆううつ》になる一華とは逆に、翠は意気揚々と改札へ急ぐ。

ただ、間近で見た改札には、ホームと同じく不自然な箇所が多くあった。

そもそも、小屋には出入口がなく、改札方向に大きめの窓があるものの、中を覗くと空っぽで、デスクひとつない。

それどころか、改札の周囲には料金表も、時刻表すらもなかった。

「いくら老婆が利用しなかったっていっても、記憶が雑すぎじゃない……？」

思わずそう呟いた一華に、翠は苦笑いを浮かべる。

「確かにね。ま、よっぽど嫌いだったんでしょ、電車が」

「……どうして？」

「ごく閉鎖的な社会で生きることに満足してる人って、外の世界と繋がるのを嫌うじゃん。外野に干渉されたくないから」

「そういうもの？」

「うちゃ一華ちゃんの実家も、似たようなものだよ」

「……こんなところで実家を引き合いに出さないでよ」

文句を言ったものの、一華は正直、なんという秀逸な譬《たと》えだろうと感心していた。

現に、一華の家族は蓮月寺をまるで聖域のように扱い、まったく時代に合わなくなった数々の風習や考え方すべてを、忠実に後世に引き継ごうとしている。

ただ、一華ならともかく、翠がそれらを老婆の精神世界の譬えに使ったことには、少し引っかかるものがあった。

「……あんたは実家を揶揄しちゃ駄目でしょ」

「なんで？」

「だって翠は、視力が戻ったら――」

「あ、一華ちゃん見て！　聞いてた通りの一本道がある！」

〝実家に戻るんでしょ？〟と続くはずの問いは、興奮気味な声に遮られ、口にすることはできなかった。

わざと止められたような気がしなくもなかったけれど、だとすれば無理やり聞くようなことでもないと、一華はそれ以上追及することなく翠に続く。

駅を出ると、正面には暗く細い道が左右に伸び、由衣が言っていたように、ずいぶん広い間隔を空けて設置された街灯が頼りない光を灯していた。

振り返ると、さっきまで一華たちがいたホームが暗闇にぼんやりと浮かび上がって見える。

こうして離れて見るとなおさらホームらしさはなく、コンクリートを敷いた上に簡素な屋根が設置されただけの、雑なジオラマを見ているような感覚を覚えた。

そんな中、翠は携帯で地図を拡大しながら、右方向を指差す。

「現実の地図で見た位置関係的には、右に向かって山を突っ切るように伸びた道の先が楠刃村だよ」

「そう。……っていうか、地図アプリ使えるんだ？」

「いや、さっき開いてみたら、由衣さんの報告通りまともに動作しなかったよ。今見てるのは、あらかじめ画像で保存しといたやつ」

「……抜かりないこと」

「ついでに言えば、検索はできたりできなかったりで、メールは完全にアウト。一華ちゃんが起きる前にひと通り確認したんだけど、なんだか現実と非現実の狭間《はざま》って感じだよね」

「狭間ね……。でも、圧倒的に非現実寄りでしょ。リアルなのに、どこもかしこも不自然だもの」

「それは同意。ちなみに、楠刃村はここからもっと山奥で、段丘になってた地形を切り開いて作られた村みたい」

翠はそう言いながら、早速右方向へ足を進める。

同時にタマがふわりと現れ、一華たちを先導するように前を歩いた。

足下は舗装されておらず、左右を鬱蒼とした木々に覆われた道は、駅から離れるごとにみるみる暗さを増していく。

その上、左右の木々が時折不気味にざわめき、一華の恐怖をじりじりと煽った。

「ところで、駅から左に進んでたらなにがあったの……？」

黙っているのが不安で、とくに意味のない疑問を口にすると、翠はふたたび地図の画像を開く。

「えっと……、延々と山道が続いて、いずれは国道と合流するみたい。もちろん、実際の地図上での話だけど」

「精神世界では、違うってこと？」

「そりゃ、違うでしょ。精神世界は老婆の記憶次第だから、記憶が曖昧な部分からは創作になるわけじゃん。老婆は国道使って街に行ったりしなそうだし、つまり道の先がどうなってるかを知らないってなると、延々と同じ場所を回るような、終わりのない構造になってる可能性もあるよね」

「……ずっと迷い続けるってこと？」

「たまに聞かない？　山で道に迷って、歩いても歩いても同じ場所をぐるぐる回ってる気がする……みたいなホラー話。あれって、精神世界から運良く脱出した人がそう感じたんじゃないかなぁ」

「そんなのん気な。……ともかく、どっちに進もうが正解はないってことね……」

「迷い込んじゃった人にとってはね。俺らは、こっちで正解だけど」

そんな救いのない話を聞くんじゃなかったと後悔しながら、一華は空を仰ぐ。

かたや、翠は依然として楽しげに、周囲の様子をキョロキョロと見回していた。

「ねえ、……素朴な疑問なんだけど、視力がなくても精神世界は視えるの？」

ふと投げかけたのは、密かに気になっていた疑問。

実際に同じ景色を見ているのだから聞くまでもないが、翠は意外にも、虚を突かれたように瞳を揺らした。

「そういえば、そうだね。手を離しても、なんの変化もない」

「そういえばって……」

「まあ、向こうの意思で見せてるわけだから、こっちの資質は関係ないのかも」

「意思って言うけど、そもそも、人を迷い込ませてなんの得があるの？」

「そりゃ、老婆だって無念を抱えてる霊には違いないわけだから、なんらかの、人を迷い込ませる目的があるんだよ。とはいえ、神罰やら謎に区切ったエリアやら、すでにわけがわかんないから、俺らに理解できるとは思えないけど」

「……そうね。しかも、把握してるだけで二人も迷い込んでるわけだし、思ってる以上に犠牲者が多そう……」

「でも、この精神世界を完全に消滅させたい場合は、その目的を理解した上で達成させるか、逆に大きく挫折させるか、……あとは、老婆自体を強引に消滅させるしかないんだよね」

「強引に、消滅……」

消滅と聞いて条件反射的に頭を過るのは、翠が従えている黒い影のこと。あの怖ろしい姿を思い出すたび、一華の心はずっしりと重くなる。

翠は一華の心境を知ってか知らずか、平然と肩をすくめた。

「なにせ、これだけのことができる霊を捕獲するのは、だいぶ難易度が高いからね。弱体化する方法でも見つかれば別だけど、それこそ老婆の頭の中を理解しない限りは見当もつかないし」

「……そう」

難易度が高いと言い切る翠に頷きながら、一華はふと、上着のポケットの中の試験管に触れる。

今回は出番がなさそうだと薄々察してはいたものの、万が一のときのために、準備だけはしていた。

とはいえ、このスケール感を目の当たりにした今となっては、老婆の捕獲なんて自分には無理だと認めざるを得ない。

一華は複雑な思いを抱えたまま、重い足を進める。

すると、前を歩いていたタマがふと足を止め、一華たちを振り返った。

「タマ……？」

「着いたっぽいね。……なんだか、想像してたより広いかも」

翠の言葉で顔を上げると、目の前に広がっていたのは、これまでと打って変わって広く開けた場所。

道の左右を鬱蒼と囲っていた木々もぷつりと途切れ、空に浮かんだ細い月が、そこら一帯に広がる平地をぼんやりと照らしていた。

「ここが、楠刃村……」

「見渡す限り農地みたいだね。ただ、パッと見では、どこもしばらく使われてない感じがするけど」

翠が言う通り、農地と思しき区画された平地には全体的に雑草が蔓延《はびこ》り、ずいぶん長く放置されていることが窺えた。

「でも、ここは現実じゃなくて、老婆にとっての理想の世界でしょう？　なのに、こんな寂れてるなんて……」

不思議に思って呟くと、翠は辺りをゆっくりと見渡した後、曖昧に頷く。

「それを言うなら、辺りは瓦礫ばっかりで、最近まで人が住んでたような建物も見当たらないんだよね。……ってことは、老婆の精神世界の年代設定自体が、廃村後なんじゃないかな」

「村から人がいなくなった後ってこと？　それが、理想なの……？」

「ってことになるね。少なくとも、賑わってた頃を懐かしむ目的で作ったわけではなさそう。そんな中に一人きりで残って、いよいよ謎だ」

「なにが、したいんだろう」

「さあね。さっきも言ったけど、特殊な思想を理解しようなんて無理だよ」

一華はふと、翠が前に言っていた、「精神世界を持っているような霊は、生前にも強い世界観を持っていた場合が多い」という言葉を思い浮かべる。

翠はあのとき、そんな世界観を持つ要因のひとつとして、極端な思想を持つ新興宗教に心酔している可能性を挙げていた。

確かに、一華は以前、家族に無理やり連れて来られた、過激な思想を掲げる新興宗教にどっぷり洗脳されてしまった患者のカウンセリングを担当したことがあるが、その患者は自らの信念を一方的に主張するばかりで、しばらくは普通に会話することすら困難だった。

そういった洗脳状態にある場合は、影響を受けない環境に長くいることで少しずつ改善されるものだが、一方で、老婆の場合はわかっている限りでは長く一人きりであり、誰かに指示されたり、強い影響を受けている可能性は低い。

老婆がもし、自らの内にある強い思想を、たった一人で、それこそ精神世界を作るほどまで固め上げたのだとすれば、もはや他人にどうこうできるようなレベルとは思えなかった。

説得するなんて計画はそもそもないけれど、あったとしても自分には到底無理そうだと、一華は改めて思う。

しかし、会話ができず捕獲すら叶わないのなら、やはり考えられる手段はひとつしかない。

消去法で出てしまったその結論に、つい重い溜め息が零れる。——そのとき。

「一華ちゃん、見て」

ふいに翠が足を止め、農地の一箇所を指差した。

視線を向けると、暗い中にぼんやりと、白いものが浮かび上がって見える。

「あれは……？」

「多分、例のやつだよ」

「例の、やつ……」

聞き返しながらも、本当は、察していた。

一華の心臓がみるみる鼓動を速めていく一方、翠は白いもの目がけて躊躇なく足を進める。——そして。

「ほら、やっぱり」

そう言いながら翠が手にしたのは、農地の一部を囲うように張られたロープから吊り下がる、一枚の札。

そこには、達筆な文字で「神罰」と書かれていた。

「神罰……」

まさに由衣から聞いていた通りの札を目にし、一華の声が震える。

覚悟していたつもりだったけれど、実際に目の当たりにすると、その気味悪さは想像をはるかに超えていた。

そんな中、翠はロープの内側を注意深く観察し、首を捻る。

「実際に見ても、この狭い範囲をロープで仕切る理由がまったくわかんないね。……まさに聞いてた通りの、意味不明な光景」

翠が言うように、ロープの中はただの農地の一部でしかなく、仕切られている理由として思い当たるようなものは見当たらなかった。

しかし、そこから改めて周囲に視線を向けると、農地のさらに奥側には、同じようにロープで仕切られたエリアがいくつも確認できる。

「あんなにたくさん……」

「多すぎでしょ……。ってか、奥に行く程にだんだん増えていってる感じしない？　それに、囲ってる範囲も少しずつ広くなってるような」

そう言われて改めて見てみれば、確かに農地の奥側は、確認できる札の数が明らかに多い。

「本当だ、向こうはもっと密集してる」

「なんかさ、『神罰』のエリアって、ずっと奥の方を中心として放射状に広がるように配置されてる気がしない？」

「放射状……？」

最初こそピンとこなかったけれど、奥から手前にかけて少しずつ数を減らしていく配置は、そう見えなくもなかった。

「だとすると、中心になにかあるかも。行ってみよう！」

翠は一華が同意するのも待たずに手を取り、「神罰」のエリアが密集している方を目がけて勢いよく足を進める。

翠にすべてが視えている以上もう手を繋ぐ必要はないのだが、「なにかあるかも」という言葉に不安を覚えた一華には、振りほどくことができなかった。

不本意ながらも黙って翠の後に続くと、翠の推測通り、「神罰」のエリアは奥へ向かうごとに増え、それぞれの範囲も次第に大きくなっていく。

ただし、奥へ進むごとに気付いたのは、放射線の円周の、異常なまでの広さ。

平坦な場所からでは、どっちがより密集しているかの判断が、次第に難しくなっていった。

「上から見下ろせたらわかりやすいのになぁ。ドローンでも持ってくればよかったね」

翠はついに足を止め、やれやれといった様子で天を仰ぐ。

かたや、一華は「神罰」の札に包囲されたこの異常な状況にすっかり精神がすり減っていて、今すぐ引き返したいくらいの心境だった。

しかし、そのとき。

「あれ？　なんか、あそこ……」

ふいに翠が指差したのは、農地のさらに奥。

楠刃村を囲う森はもう目前まで迫っているが、翠が指す方に目を凝らすと、その手前にうっすらと建物らしきシルエットが見えた。

「家……？」

「っぽいね」

「こんな、どこもかしこも『神罰』で囲まれた場所に？」

「とても住めないよね、普通の人は」

「……まさか」

「老婆の、──加治木家の家でしょ。もしかしてあそこが『神罰』の中心なのかも」

「自分の家を中心にしてるってこと……？」

「家か、家の中になにか重要なものがあるか」

「重要なものって、たとえば……？」

「もし老婆がなにかの宗教を信仰してるなら、祭壇とか御神体《ごしんたい》とか……。ま、とにかく行ってみよう」

翠はそう言うと、早速建物の方へ向かう。

一華はことごとく怯まない翠に眩暈を覚えながらも、かといって一人で待つわけにもいかず、渋々後に続いた。

しかし、それから程なくして、翠は突如ぴたりと足を止める。

「ちょっ……、急に止まらないでよ、ドキッとするじゃない……！」

「ごめん。でも、これが……」

「これ……？」

嫌な予感がしつつも視線を向けると、翠の正面にあったのは、「神罰」と書かれた、大きな立て札。

さらにその奥は、腰くらいの高さの杭に金属のワイヤーが張り巡らされたバリケードが、建物の周囲をぐるりと囲っていた。

これまで見てきた「神罰」のエリアとは比較にならない、強い拒絶が滲み出るその佇まいに、一華は思わず息を吞む。

「より厳重になってるじゃない……」

「いよいよ中心部に近いってことだね。……ただ、問題が」

「え……？」

「これ以上、進めないんだ」

そう言われて周りを見ると、確かにバリケードにはどこにも隙間がなく、中に入るための通用口らしきものも見当たらない。

この先に家があるのだから普通に考えればあり得ないことだが、翠はバリケードの周囲を一通り確認した後、困ったように肩をすくめた。

「建物の裏側はすっぽり森に覆われてるんだけど、見た感じ、バリケードは途切れずに続いてるっぽい。よっぽど人を入れたくないんだね」

「でも、これじゃ、老婆も出入りできないじゃない」

「老婆は入れるんでしょ」

「だから、どうやって……」

「うーん。……ここは老婆の精神世界だし、土の中を通ってるとか」

「やめてよ気持ち悪い。さすがにそんな――」

言いかけて止めたのは、〝老婆の足が膝まで地中に埋まっていた〟という、由衣から聞いた話を思い出したからだ。

あながち翠の推測が否定できなくなり、一華は恐怖で口を噤む。――そのとき。

「じゃあ、まあ……、仕方ないか」

翠はそう呟いたかと思うと、突如杭に手をかけ、バリケードをひらりと越えた。

「ちょっ……！」

予想もしなかった行動に、一華の頭は真っ白になる。

一方、翠は平然と一華の方を振り返った。

「ちょっと家の中見てくるね」

「は……？　あんた、なにして……」

「大丈夫。すぐ戻るから、一華ちゃんはタマとここで待ってて」

「なん……」

ここで待てと言った翠の口調からは、怖がる一華を揶揄しているような雰囲気は感じ取れなかった。

ただ、だからこそ逆に、言い知れない不安が抑えられなかった。

なんだかこのまま行かせてはならない気がして、一華は衝動に駆られるように杭を掴み、ワイヤーに片足をかける。――瞬間。

突如、翠の背中が、大きく脈打つかのようにビクンと揺れた。

「翠……？」

たちまち嫌な予感がして名を呼んだものの、反応はない。

一華は急いでワイヤーを越え、転がり込むようにバリケードの中に降り立つ。――そのとき。

たった今まで動きを止めていた翠が勢いよく振り返り、一華を見て大きく瞳を揺らした。

「ああ……、来ちゃった……？」

「は……？　っていうか、さっきのなに……？　急にビクッとしたかと思ったら硬直して、返事もないし……」

「いや、……こういうことか、と。俺としたことが、ちょっと遅かったかも」

「なんの話……？」

「ま、いいや。じゃあ一緒に行こう」

「…………」

なにか重要なことを隠されたのだと、気付かないはずがなかった。

ただ、問い詰めたところで、翠が答えるとも思えなかった。

こうなれば自分で察するしかないと、一華は強い不安を抱えながらもゆっくりと頷き、翠を追って建物に向かう。

その建物は平屋で、間近から見ると思っていたよりも大きく、正面の中央部分に立派な玄関があった。

「かなり古そうだけど、手入れが行き届いてる感じがするね」

翠はそう言いながら、玄関の引き戸に手をかける。——瞬間、それは思いの外、スッと開いた。

一華は驚き目を見開く。

「え、嘘……、開いてるの……？」

「俺も驚いた。さっきまでの厳重さが嘘みたい」

「おかしいでしょ、どう考えても」

「バリケードに安心して、こっちは油断してるとか」

「そんなことある……？　まさか、誘い込まれてるなんてことないよね……？」

「だったら、そもそもバリケード要らないじゃん」

確かにその通りだと思うものの、一華には、まったく理解ができなかった。

神罰なんて怖ろしい言葉で立ち入りを禁じている癖に、家の方はまったくの無警戒なんてあり得るだろうかと。

しかし、玄関を上がって左手にある部屋を覗いた瞬間、一華はその理由を察する。

「なにも、ない……」

庭に面して小さな縁側があるその部屋はおそらく居間だが、一華が零した呟きの通り、中には物がいっさいなく、空き家も同然だった。

居間のさらに奥に見えるキッチンもガランとしており、事前に予想していた祭壇も、御神体らしきものも、どこにも見当たらない。

「駅ならまだしも、自分の家の中を記憶してないなんてこと、ないよね……？」

そう言うと、翠は険しい表情で首を捻った。

「記憶してないっていうより、老婆にとって重要じゃなかったってことかも」

「重要じゃない……？」

「置いてたものにさほど執着がないんだよ、多分」

「あんなに厳重に守ってるのに？」

「……ここじゃないのかも」

「え……？」

「いや、とりあえず他の部屋も見てみよう。玄関の右手にも部屋があったよね」

「……うん」

一華は頷きながらも、これまでにない嫌な予感を覚えていた。

それは神罰のエリアに立ち入ってしまったことや、家の中の異様な状態に対してではなく、翠から、どんなときもあるはずの余裕や笑みが失われていることに。

あくまで口調はいつも通りだけれど、これまで翠と共に何度も危険な状況を切り抜けてきた一華には、その違いがはっきりとわかる。

そして、そのキッカケとなったのはおそらく、バリケードを越えた直後に翠が一瞬だけ見せた、不自然な沈黙だということも。

「翠、……大丈夫？」

無意味な質問だと、わかっていた。

こういう局面で翠が返す答えがイエス以外にないと、わかっているからだ。

「大丈夫だよ、行こう」

予想通り、翠は穏やかな笑みを浮かべて頷く。

おそらく繕われた笑みだろうと察していながら、反射的にほっとしてしまっている自分が、なんだか情けなかった。

ただ、そのお陰か、いい加減自分ばかり怯えている場合ではないという、前向きな気持ちが芽生えたことも確かだった。

その後、二人は居間を出て、今度は玄関の右手側にある襖《ふすま》をそっと開ける。

そこは二間続きの和室で、居間と同様にガランとしていた。

しかし、そのときふと、部屋の隅にぽつんと置かれた小さな机の存在に気付く。

「翠、あそこに……」

「ほんとだ。机と、……その上にもなにかあるね」

おそるおそる近寄ってみると、古い机の上に置かれていたのは、小さな写真立てだった。

見れば、中に収められていたのは、時代を感じる古めかしいモノクロ写真で、写っていたのは大人の男性と、まだ十歳にも満たないであろう幼い少女。

写真はかなり劣化していて表情も背景もよくわからないが、少女は男性にしがみつくようにして寄り添い、男性の手は少女の頭に優しく乗せられていた。

「親子の写真みたいだけど……」

「ここにあるってことは、老婆が幼いときの写真かも」

「なら、横に写ってるのがお父さん？」

「多分。にしても、なんにもない中にこれだけ残してるってことは、よほど大切なんだろうね。勝手な想像だけど、老婆にとって父親が唯一の肉親なんじゃないかな。下川さんの動画でも父親の話しか出てこなかったし、現に写真に母親は写ってないし」

「唯一の、肉親……」

翠の言葉には、納得感があった。

なにより、少女の両腕には、写真越しでも伝わるくらい強く力が込められていて、微笑ましい光景であると同時に、縋るような切実さが伝わってくる。

複雑な気持ちで眺めていると、翠が小さく溜め息をついた。

「ま、老婆の家族構成に関してはほぼ妄想なんだけどね。さすがに他人の戸籍謄本は、いろいろ手を回さないと取れないから」

「……一応聞くけど、普段の調査で法を犯したりしてないでしょうね」

「ハッキングの打診してきた人がよく言うよ。そもそも、たとえ法を犯したって、他人の戸籍はそう簡単には請求できないんだ。手を回すっていうのは、時間と労力さえかければ、方法がなくはないって言いたかっただけ」

「……そういうことにしておくわ」

「俺はしがない探偵ですから。……ともかく、この写真が老婆にとって思い出深いものだってことはわかったけど、俺らが思ってたような、いわゆる御神体ではなさそうだね。こうして普通に触っていても、霊障ひとつ起こらないし。……まあ、遺骨ならともかくただの写真だし、当然か」

翠はそう言うと、写真立てをもとの位置へ戻す。

ただ、そのときの一華の脳裏には、小さな疑問が過っていた。

「そういえば、ここには仏壇とか、先祖を祭るためのものがなにもないけど、それってちょっと不思議じゃない？　宗教によるって言われたらそれまでなんだけど、精神世界にも写真を残すくらいお父さんを大切に思ってたなら、もっとなんか、それっぽいものがありそうだなって……」

いまひとつ考えがまとまらないまま、一華はブツブツと呟く。

そのとき、翠が突如険しい表情を浮かべた。

「仏壇、ねぇ……。確かに、そうだな」

「仏壇も、老婆にとって重要じゃないなんてこと、さすがにないよね」

「だね。精神世界にないってことは、そもそも置いてなかったんだよ。……少なくとも、自宅には」

「え？　それってどういう……」

「やっぱり『神罰』の中心部はここじゃなくて――」

翠がすべてを言い終えないうちに、突如、ガタンと大きな音が響き渡った。

同時に建物が大きく揺れ、一華は慌てて柱に摑まる。

「い、今の音……」

「玄関の方からだったよね。ちょっと見てくる」

「待っ……！」

慌てて追いかけようとしたものの、即座にヒョウに姿を変えたタマが一華の服の裾を咥えた。

「どうして止めるの……？　離して……！」

思いもしなかったタマの行動に、一華は戸惑う。――そのとき。ふと、玄関の方向から漂う、底冷えする程の不気味な気配に気付いた。

その瞬間に思い立ったのは、タマはおそらく翠から与えられた〝一華を守れ〟という指示に従ったのだろうという推測。

けれど、そのときの一華は酷く嫌な予感を覚えていて、とてもおとなしく守られていられるような心境ではなかった。

「タマ、なにしてるの……？　本来守るべきあなたの主人はあっちよ……！」

大声で叫ぶと、ほんの一瞬、タマの瞳に迷いが揺れる。

一華はその隙にタマの体を押し退《の》け、急いで部屋を出た。

玄関の空気は酷く重苦しく、開けっぱなしの戸の向こう側から、咽《む》せ返る程の禍々しい気配が次々と押し寄せている。

一華は咄嗟に上着のポケットの数珠を手首に通し、おそるおそる外を覗いた。

すると、一華の視界に入ったのは、少し先で背を向けて立つ翠の姿。

「翠……！」

名を呼ぶと、翠は振り返って一華と目を合わせる。

禍々しい気配に囲まれてはいるが、表情を見る限り意識ははっきりしているようで、それが逆に奇妙だった。

「そこで、なにを……」

聞きながら、本能的に、答えを知りたくないと思っている自分がいた。

一方、翠はこの空気にそぐわない穏やかな笑みを浮かべ、ゆっくりと口を開く。

「一華ちゃん」

「……なに。早く、こっちに戻ってきて」

「聞いて」

なにかがおかしいと、すぐにわかった。

しかしその原因がわからないまま、一華は翠の声に集中する。

「だから、なに……？」

「中心部になにがあるかわかったから、俺、ちょっと行って片付けてくるよ」

「は……？　だったら私も一緒に……」

「——万が一、俺が死んだときは」

物騒な言葉で強引に遮られ、ドクンと心臓が鳴った。

指先が震えだし、一華はぎゅっと拳を握る。

「死んだときって……、あんた、淡々となに言ってんの……」

「そしたら俺の式神も消えちゃうから、そうなる前に一華ちゃんはタマに案内してもらって精神世界の外に出て」

「……翠」

「大丈夫、万が一の話だから」

「……万が一だろうが、そんな聞き捨てならない話を聞いて、私が大人しく帰れるわけないでしょう……」

「そうだろうとは思ったけど、でも、お願いだから言う通りにしてほしい。……タマ、できるだけ早く一華ちゃんを連れ出して。……頼む」

「だから勝手に――」

翠の正面の地面が大きく隆起したのは、その瞬間のこと。

さらに、隆起した地面から人の両腕がズルリと飛び出してきた。

「っ……」

あまりの衝撃に、悲鳴は声にならなかった。

すっかり言葉を失う一華の目の前で、その両腕は翠の体を抱き込むように捕えたかと思うと、地面へと引きずり込んでいく。

それは、待ってと叫ぶ暇すら与えられないくらいに、あっという間の出来事だった。

やがて、禍々しかった気配もすっかり消え、辺りはまるでなにごともなかったかのように静まり返る。

ただ、一華の目にははっきりと、翠を連れ去った何者かの、枯れ枝のような腕が焼き付いていた。

翠の陰になって全身は見えなかったけれど、あれは間違いなく老婆だと、一華は確信する。

しかし、あまりに怖ろしい光景を見てしまったせいか、一華はいまだに身動きひとつ取れなかった。

「大、丈夫……、絶対……」

自分に言い聞かせるための呟きすら、弱々しく震える。

そのとき、背後から音もなく近寄ってきたタマが、いきなり一華の腕を甘噛みし、そのまま老婆の家から離れるよう強引に引いた。

「待っ……」

抵抗すると、タマは一旦一華を解放したものの、突如体を二回りくらい膨張《ぼうちょう》させ、まるで母猫が子猫を運ぶように軽々と一華の襟首《えりくび》を咥え上げる。

そして、驚く程の速さで来た道を戻りはじめた。

「タマ……！」

激しく揺れる視界の中、老婆の家が遠ざかっていく様子がかろうじて確認でき、たちまち焦りが込み上げてくる。

「待っ……、止まっ、て……！　おね、がい……！」

絞り出すように叫んだものの、タマからはなんの反応もなかった。

「どうして、逃げるの……！　翠が、老婆に……！」

どんなに暴れても、必死に訴えかけても、タマは依然として聞き入れてくれず、ただひたすら、しなやかな動作と驚く程の速さで細い道をまっすぐに駆け抜けていく。

このままでは、本当に翠を残したまま精神世界から抜け出してしまうと、一華はいまだ混乱の収まらない頭を必死に働かせた。――そのとき。

突如、タマが急激に速度を緩め、正面に向かって小さく唸り声を上げた。

まさか老婆が現れたのではないかと嫌な予感が過ったけれど、辺りには、さっき覚えたような禍々しい気配はない。

「タマ……？」

名を呼ぶと、タマはついに足を止め、ゆっくりと一華の体を解放した。

なにごとかとタマの視線の先を確認した一華は、思わず目を見開く。

それも無理はなく、そこには膝を抱えて座り込む田中の姿があった。

「田中……」

田中は一華の声に反応せず、悲壮感を漂わせて深く膝に顔を埋めている。

ただ、なにを訴えようとしているのかは、控えめながらも道を塞ぐその様子から、聞くまでもなかった。

「ねえ……、田中は、嫌なんでしょう……？　翠を、置いていくのが……」

尋ねると、田中がほんのかすかに顔を上げる。

何度見ても慣れないどろりと濁った不気味な瞳が、一華の目をまっすぐに捕えた。

『ヌシ　が』

「うん」

『ぬシ　シ　ぬ』

「……うん」

『ヌシ　が　シ　　　』

必死に思いを伝えようとする田中の姿を見ながら、一華は、少し前に行った、診療所跡での調査のことを思い出していた。

思えばあのときも、田中は今と同じように、一華に翠の危険を知らせに来たと。

ただ、前回と今回では、明確な違いがある。

それは、今回田中が取った行動は、一華を連れて精神世界を出ろという主からの指示に背いた行為であるということ。

田中はあくまで偵察要員であり、タマのように霊を追い払うような力はなく、むしろいつも隠れてばかりだが、必死に主の助けを求めるその様子から、翠をいかに必要としているかが嫌という程伝わってきた。

一華は田中の前に膝をつき、その肩に触れる。

「田中にも、翠が死を覚悟してるように見えた……？」

『　ヌ』

「……あのときの目、笑ってなかったもんね。〝万が一〟なんて言ってたけど、……多分、嘘だよ」

『ヌ　シ』

「一人でなにに勘付いたのか知らないけど、バリケードを越えたあたりから、なんだか様子がおかしかったもの。だから、……もしかしたら、自分が犠牲になって、時間稼ぎをするつもりなんじゃないかって。……私も後から中に入っちゃったから、私が標的になる前に、自分がって……」

『シ　』

「……っていうか……、私が無事にここから出て、自分も、タマも田中も消えて、……私がそれで喜ぶと思ってるんだと、したら――」

『ヌ　』

「いくらなんでも、大馬鹿すぎない……？　なんか……、無性に、腹が、立ってきた」

『……ヌ　？』

田中を相手に話すことで頭が徐々に整理され、それにつれて込み上げてきたのは、煮えたぎるような怒りだった。

普段あまり感情を表に出さないはずの田中が、急に怒りだした一華にわかりやすく戸惑いを見せる。

しかしそれでもまったく冷静になれず、怒りも収まらず、一華はその勢いのまま振り返り、タマを睨みつけた。

「タマもタマよ！　あなたの本当の主は翠だって何度も言ったのに……！」

大声を出すと、タマはビクッと体を揺らし、一歩後退る。

しかし、一華は逆に距離を詰め、タマの頬《ほお》を両手で挟んで金色の目をまっすぐに捉えた。

「あなたが私にこんなに懐いたのは、私に救われたって思ったからでしょう……？　だから、私を助けないとって思ってるんだよね……？　でも、私は」

語りかけながら、タマの辛い過去が頭を過り、胸が詰まった。

けれど、どうしてもこれだけは言っておかねばならないと、一華は無理やり声を絞り出す。

「私は、カウンセラーなのよ。……だから、私に救われたって思ってくれた相手には、幸せになってもらいたいの。苦しさから解放されたなら、そのぶん楽しい思いをしてほしいし、そうじゃないと、困るの。……式神を相手に無茶言ってるかもしれないけど、それだけは、誰であろうと譲れない」

タマの目が、かすかに揺れた。

「だから、……お願いだから、誰かのために消えるなんて運命を、あっさりと受け入れないで。タマは、私を逃してる場合じゃなくて、翠を助けるべきなんだよ。たとえ命令であろうが、おかしいと思ったらちゃんと疑問を持って、田中のように逆らって。……そうじゃ、ないと……」

言いながら、これは勝手な押し付けだとわかっていた。

けれど、それでも、止められなかった。

「そうじゃないと、私が、嫌なの、……絶対に。私は、タマも田中も、翠も、全員無事に……」

胸が詰まって俯いた途端、涙が頰を滑り落ち、地面でパタンと音を立てる。

「だから、お願い、一緒に、翠を――」

語尾には涙が混ざり、曖昧に途切れた。――瞬間、一華の頰に、ざらりとした感触の大きな舌が触れる。

驚いて顔を上げると、悲しげに耳を垂らしたタマが一華の頰に鼻先を擦り寄せ、もう一度一華の頰を舐めた。

同時に、背後から服を引かれる感触を覚え、振り返ると、縋るように一華を見上げる田中と目が合う。

「……田中」

『ヌ　シ』

会話はままならなくとも、なんとなく、思いが透けて見えるような気がした。

やがて、タマはゆったりとした動きで一華たちに背を向け、振り返って視線を合わせる。

「一緒に戻ってくれるの……？」

一華の問いかけに、タマはゆっくりと瞬きを返した。

一華は深く頷くと、一度深呼吸をしてから袖で涙を拭い、老婆の家の方向へと足を踏み出す。

タマがふたたび襟首を咥えようとしてきたけれど、一華は慌ててそれを制した。

「い、いいよ、大丈夫。……さっきの運び方すごい揺れて怖……じゃなくて、頭を整理しながら、中心部を探したいから」

最初に言いかけたのは正直な気持ちだが、その後の理由も、決して嘘ではない。

少し冷静さを取り戻した一華が思い出していたのは、翠が言った、「中心部になにがあるかわかった」という言葉。

思い返せば、翠は老婆の家に入った後、何度か「ここじゃないのかも」と、意味深なことを呟いていた。

つまり、神罰の本当の中心部は老婆の家とは別の場所にあり、翠や老婆は今そこにいると考えられる。

ただ、「神罰」のエリアの中心部を推測するには、森と平地が入り組んでいる上、全体を見通し辛いこの平らな地形では、やはり困難だった。

とはいえ、いずれにしろ老婆の家の付近であることは確かであり、一華は老婆の家へ向かいながら、これまで見てきたものを整理しつつ、老婆の考えを想像する。

「老婆は、お父さんへの愛情がすごく深くて……、でも、家には写真だけしか残ってなくて……」

ついさっきまでは老婆の思考を理解するなんて到底無理だと思っていたけれど、家の中の様子を見たときから、その考えは少しだけ変わっていた。

なにより、大切に残された父親との写真を目にしたことで、老婆もかつてはここで生きていたひとりの人間だったのだという事実をリアルに認識したことが、大きく影響している。

お陰で、どんなに拗《こじ》らせた思想であっても、基となったのは誰もが持つ感情であるはずだという小さな糸口を摑んだ。

「お父さんに関するもので、老婆が仏壇以上に重要とするもの……」

一華は足早に歩きながら、思考を巡らせる。

「普通に考えれば、遺骨とか、お墓とか……。でも、そんな普通なものじゃない気が……」

しかしなにも思い当たらないまま「神罰」のエリアは次第に密集していき、老婆の家もみるみる迫った。——そのとき。

「あれ……？」

一華は「神罰」のエリアの横を通過しながらふと、内側の地面の一部が不自然に隆起していることに気付く。

しばらく使われていないとはいえ、仮にも農地だった場所にしてはあまりに均されていない気がして、思わず足を止めた。

そして、なにげなく、そこと隣接する「神罰」のエリアに視線を向け、ふたたび違和感を覚える。

「あれ……、こっちにも……」

その中にも、同じように地面が隆起した箇所があった。

なんだか意味深に思え、一華はさらに先へと進みながら、「神罰」のエリアの中を次々と確認していく。

すると、確認したすべてのエリア内に、同じような隆起があった。

さらに、それは中心部に近付き「神罰」のエリアの数が増えていくにつれ、比例するように大きくなっている。

「なにか埋まってるとか……。でも、こんなにたくさん……？」

一華はロープから身を乗り出し、盛り上がった箇所に目を凝らした。

しかし、ただでさえ暗い上、離れた場所からでは、どうなっているのかまったくわからない。――結果。

「……すでに一回入ってるんだから、もう同じだよね」

なかば勢い任せにロープをまたぎ、エリア内へと侵入した。

途端にゾワッと悪寒《おかん》が走ったけれど、それくらいは想定内だと自分を鼓舞して中央まで足を進め、隆起した箇所の前に膝をつく。

改めて間近から見てみれば、盛り上がった土の頂点は大きくひび割れており、地面の奥からなにかが突き上げてくるかのような、大きな力を感じた。

一華はその正体を確認するため、ひび割れた隙間に指をかけ、強引に土を払い除《の》ける。

土は固く締まっていて、あっという間に爪先に亀裂が入ったけれど、そんなことを気にしている余裕などなかった。

やがて、程なくして指先に触れたのは、土とも石とも違う感触。

一華は手を止め、周囲にこびりついた土を丁寧に払う。――そして。

「これって、木の根……？」

その筋ばった触り心地から思い当たったのは、呟きの通り、木の根だった。

ただし、それはあまりにも太く、地面に飛び出した一部を見たところで、どこから始まりどこで終わっているのか想像もつかない。

「でも、こんなに根が太いってことは、相当な樹齢の――」

一華はそう言いかけ、ふと、言葉を止めた。

相当な樹齢と口にした瞬間、頭の中に、下川が動画で語っていた巨木のことが過ったからだ。

動画にはほんの一瞬しか映っていなかったけれど、下川は「森の中であそこだけ異様に盛り上がってるから、すぐわかりますよね」と説明をしており、実際の映像でも、森の中で一箇所だけ強い存在感を放っていた。

「そういえば……、巨木って、遠く離れたところまで根を広げるって聞いたことがある……」

根に触れながら一華が思い出したのは、おぼろげな知識。

樹齢何百年ともなるような木は、そのぶん根を広く張り巡らせており、ずっと離れた場所にいきなり根が飛び出してくることがあるという話を、一華は過去にどこかで聞いた覚えがあった。

「もしかして、神罰のエリアは楠の巨木の根を守るため……？」

そう口にして改めて周囲を見渡すと、遠くなるにつれ減っていく神罰のエリアは、細くなっていく地中の根の様子を想像させた。

その瞬間、一華は確信を持つ。

「ってことは、『神罰』の中心部は、楠の巨木……」

呟きながら視線を上げた途端、老婆の家の裏側に広がる森の一番高い場所にある、不自然に盛り上がっている箇所が目に留まった。

辺りは暗いけれど、月明かりが空と森の境目をぼんやりと浮かび上がらせており、そのシルエットは下川の動画で見たものとよく似ている。

「翠は、あそこだ……」

声を上げるやいなやタマが小さく唸り、ふたたび体を大きく膨張させて一華の前で姿勢を下げた。

おそらく、背中に摑まれと言いたいのだろう。

ただ、鬱蒼とした森を移動するとなると、タマが単独で向かった方が速いのは明白であり、一華はタマの頬を両手で挟んで視線を合わせた。

「一刻を争うかもしれないから、先に行って翠の力になってあげて。私もすぐに後を追うから」

そう言うと、タマは一瞬、困惑したように瞳を揺らす。

しかし、間もなく返事代わりの瞬きを返した。

「……ありがとう」

一華が背中にそっと触れると、タマはそれを合図に老婆の家の方へ向かって駆け出し、あっという間に森の中へと姿を消していく。

その驚く程の速さを目の当たりにした一華は、やはり自分が一緒だったら確実に足手纏いだっただろうと、選択が正しかったことを確信した。

ただし、タマにはおそらく、あの翠に「俺が死んだときは」などという弱気な言葉を言わせた老婆を追い払う程の力はない。

もちろん一華にも自信はないが、それでも、翠で無理ならば自分がやるしかないという気概だけはあった。

一華はゆっくりと息を吐き、覚悟を決めて足を踏み出す。

そして、ふたたび老婆の家を囲う『神罰』のバリケードを越え、建物の横を回り込んで森を目指した。

最初に翠とここに来たときは、家は隙間なくバリケードで囲われているように見えたけれど、実際に裏へ行ってみると森へ抜ける小さな門扉《もんぴ》と細い道があり、一華はそこを通り抜け、ついに森の中へ足を踏み入れる。

辺りは鬱蒼としていて、覚悟していた以上に不気味だったけれど、一方で、門扉より奥には『神罰』のエリアがひとつもなかった。

おそらく、この辺りの地中には隙間なく楠の根が張り巡らされていて、もはや仕切る意味もないのだろうと一華は思う。

その代わり、辺りは体が重く感じられる程の禍々しい気配で満ち、いよいよ中心部にあたる楠が迫っていることを予感させた。

脳裏にふと、これ以上進めば生きて帰れないかもしれないという不安が過る。

しかし、それでも行かないという選択肢はなく、一華は無心で足を進めた。――そのとき。

『ヌ　　　　』

突如背後から聞こえたのは、聞き慣れた声。

振り返ると、門扉の陰に隠れて一華を見つめる田中の姿があった。

「……田中、どうしたの」

『　　　　』

「なんか言ってよ……。もしかして、付いて来たいの？」

尋ねると、田中は曖昧に頷きつつも、門扉にしがみついたまま離れる気配はない。

一華は渋々足を止め、田中に手招きした。

「来るなら早くして。翠が死んじゃうから」

『　シ』

「聞いてる？」

『　ヌ　シ』

「まさか、行きたいけど怖い、なんて言うんじゃないでしょうね」

『ア　アア　』

「……やめてよ」

会話にならなくとも、田中の葛藤が手に取るように伝わってきて、一華はがっくりと肩を落とす。

ただ、異常に怖がりな田中がここまで来たことは、進歩とも言えた。

一華はやれやれと溜め息をつき、門扉まで戻って田中の前に立つ。

「迷ってる時間ないんだってば」

『　シ　が　シ』

「そう、ヌシがシヌのよ」

『　　』

わかりやすく田中の目に戸惑いが揺れ、一華は二度目の溜め息をつく。

ただ、その瞬間、ふと、ひとつの案が浮かんだ。

「そういえば、田中って小さくなったりできないの？　タマがさっき体の大きさを変えてたし、実体がないんだからできそうだけど」

それはただの思いつきだったけれど、田中は一華の言葉に反応し、大きく目を見開く。

「できるんだったら、ポケットにでも隠れてればいいでしょ？　連れて行ってあげるから早く」

『　　』

「急げっつってんの」

一華が苛立ちを露わにすると、田中は突如スッと姿を消し、かと思えば手のひらサイズになって一華の首元に現れ、頭によじ上って髪の中に身を潜めた。

『　ヌ　』

「目玉の親父みたいなポジション取らないでよ……」

文句を言いながらも、田中のお陰でわずかに恐怖が緩んだことは、今の一華にとって幸いだった。

一華はふたたび奥へ向かって森の中を進みながら、やや冷静になった頭で、改めて思考を巡らせる。

「神罰」の中心部が楠だと仮定した場合、釈然としない点が多くあったからだ。

「老婆の父親は、神罰と無関係ってこと……？」

もっとも気になっていたのは、まさにその呟きの通り。

老婆の家にはさも意味ありげに父親との写真が残されていて、だからこそ「神罰」の中心部には遺骨やお墓など、父親と関連するものがあるはずだと思っていたのに、楠だった場合はまったくの見当違いをしていたことになる。

とはいえ、あくまで一華の勘ではあるが、この精神世界に老婆の父親が関係していないとは、どうしても思えなかった。

もちろん、その答えを知ったところで、良い策が浮かぶというわけではない。

けれど、敵う敵わないはともかく対話という手段を持っている一華としては、老婆が精神世界を作るに至った理由を理解しておきたいという気持ちがあった。

「たとえば、お父さんを木の傍に埋葬したとか……。でも、そこからどうやって根を守るっていう発想に……」

答えが出ないままブツブツと呟いているうちに、森はみるみる深く、暗くなっていく。

やがて異様な気配が一段と濃くなり、ついには足元に巨木の根がはっきりと露出しはじめた、そのとき。

『――く、は、……も、の』

どこからともなく男の掠れた声が聞こえ、一華はビクッと肩を揺らした。

そして、咄嗟に手首に通していた数珠を外して握り、周囲を確認する。

とても小さな声だったけれど、明らかに生きている者の声でないと、経験上わかっていたからだ。

「誰……」

問いかけに、返事はない。

ただ、頭上の田中からは怯えが伝わってこず、一華はそれを不思議に思いながら、さらに視線を彷徨わせた。――すると。

『く、は……』

ふたたび響いた、男の声。

ずいぶん低い位置から聞こえた気がして、一華はゆっくりと姿勢を下げ、声のもとを探す。――瞬間、突如ひやりと冷たいものが足首に巻き付く感触を覚え、背筋がゾッと冷えた。

「っ……！」

恐怖で悲鳴は声にならず、一華は体勢を崩し、地面に倒れ込む。

頭はパニック状態だったけれど、それでも、みすみすやられるわけにはいかないという執念だけで、足元を確認した。

『――は、の、もの』

男と目が合ったのは、その直後のこと。

ただ、一華はそのあまりの衝撃的な見た目に、思わず言葉を失った。

なぜなら、男の全身にはびっしりと木の根が絡み付いていて、しかもその一部は皮膚の奥まで侵入し、もはや体と一体化していたからだ。

「な……」

おぞましい光景に頭が真っ白になり、一華は慌てて摑まれた足を引き寄せる。

しかし、根の隙間からまっすぐに向けられた視線に、死者にはないはずの光がかすかに宿っている気がして、咄嗟に動きを止めた。

それは、命が尽きて間もない霊が持つ特徴のひとつであり、彷徨う霊の中には時折そういう者がいて、多くは自らが死んだことに気付いておらず、悲しみと混乱を訴えかけてくる。

この男もその類かと、哀れに思った一華はせめて体だけでも解放してやろうと、絡みつく根に手をかけた。――けれど。

『俺、は、……もう、……いい』

男ははっきりとそう言い、ぎこちない動作で首を横に振った。

「いいって、どうして……」

まさかの言葉に戸惑っていると、男はすっかり水分を失った腕を伸ばして一華の手にそっと触れ、ふたたび口を開く。

『止めて、……ほしい』

「止める……？」

『老婆の、神罰は、……末代まで、終わらない、から』

老婆と聞いた瞬間、一華の心臓がドクンと大きく鼓動を鳴らした。

「終わらないって、どういう意味ですか……？」

『もっと、悲惨《ひさん》な、ことが、起こる。……ここに来た、後……、俺は、全部、思い、出した』

「思い出した……？　あなた、まさか――」

その瞬間、一華は男の正体を察した。

これは、楠刃村を訪れる動画を配信していた、下川だと。

同時に、やはり下川は、あの動画を配信した後、老婆の精神世界に連れ込まれてしまっていたのだと一華は確信した。

まるで木の根に命を吸い尽くされてしまったかのような下川の末路はあまりにも残酷であり、一華の心の中でみるみる憤りが膨らみはじめる。

「神罰って、なんなの……、ただ立ち入ったってだけで、こんな……」

しかし、下川はそんな一華の手を弱々しく握り、縋るように一華を見上げた。

『聞い、て、ほし』

その切実な声は、一瞬怒りで我を忘れそうになっていた一華を少し冷静にさせた。

一華は改めて下川と向き合い、ゆっくりと頷く。

「……わかりました。知ってることを、教えてください」

そう言うと、下川は小さく頷き返した。――そして。

『楠は、……老婆にとって、父親、そのもの。神罰とは、……命を、老婆の父親に、差し出す、ことだ』

下川が最初に口にしたのは、あまりに衝撃的なひと言。

一華の頭は、ふたたび混乱した。

「父親そのもの……？　楠はお墓代わりとかじゃなく、父親だと思ってるってことですか……？」

『そう。……老婆は、最愛の父親が死んでから、……ずっと、神木として崇めていた楠に、父親を、投影していたんだ。……だけど、いつからか、楠を父親そのものだと、思うように――』

下川が語ったのは、まだ楠刃村が存在していた当時の話。

老婆は、下川が物心ついた頃にはすでに特殊な思想を持っていて、自宅の裏の森にある楠を神として崇めていたらしい。

しかし、老婆はいつからか、神としていた楠を父と呼ぶようになり、楠に対する執着が、異常とも取れる程にエスカレートしていったのだという。

ちなみに、それ以前にも、農地に根が蔓延っていては仕事にならないと、取り除こうとする農家との衝突が絶えなかったとのことだが、老婆は楠に父親を重ねはじめた頃から、根が露出している部分を神域としてロープで囲って立ち入りを禁じ、地主であることを盾にいっさい逆らわせなかった。

当然ながら、従えない者は次々と村を離れたが、中には簡単には離れられない事情のある者も多くいて、老婆の言いなりにならざるを得ない状況が長く続いたらしい。

しかし、そんな中、大きな変化が起こる。

それは、楠が徐々に枯れ始めたこと。

単純に寿命なのか、成長しすぎたが故に栄養が行き届かなかったのかはわからないが、いずれにしろ村人にとって厄介な存在でしかない楠を守ろうと考える者は現れず、楠はほんの少しずつ、しかし確実に、弱っていった。

村の子供たちが「神罰」のエリアに侵入したことをキッカケに傷害騒ぎが起きたのは、その頃のこと。

『――あのとき老婆は、〝命を捧げてもらう〟と言った。……当時はその意味を深く考えなかったけれど、あまりに不気味な言葉だったから、ずっと頭の奥に残っていたんだ。……今になって思えば、決まりを破った者には、罰として楠の、――いや、父親の命の一部にしてやるという、意味が……』

その言葉を聞いた一華は、愕然とした。

つまり、下川のこの残酷な姿は、〝父親の命の一部にする〟という老婆の「神罰」が下された結果なのだと。

「それは、つまり……、他にも、神罰のエリアを越えた人たちが埋められているってこと、ですか……？」

おそるおそる尋ねると、下川は苦しげに頷く。

『当時、一緒に侵入した友人たちとは、もう連絡を取っていないが……、すでにここに埋まっているか、もしまだ生きていたとしても、老婆は、必ず、狙うはず……。楠はもう、半分以上が枯れかけていて、……老婆は、焦っている、から』

「じゃあ、立ち入った人間、全員を殺す気ですか……？」

『全員どころじゃ、ない。老婆は〝末代まで〟と言った。いずれは俺の子や、孫や、血を継ぐ者すべてが、対象に……』

「そんな……」

全身から一気に血の気が引いていく中、一華は、さっき「もっと悲惨なことが起こる」と言った、下川の言葉を思い出していた。

血筋が絶えるまでつけ狙われ、まったく関係のない人間まで殺されてしまうなんて、まさに悲惨だと。

同時に明確になったのは、もう、翠を助けるだけでは済まなくなってしまったという事実。

たとえ翠を連れて逃げ切ったところで、神罰のエリアに立ち入ってしまった以上、翠や一華はもちろん、自分たちの血筋もまた、末代まで標的になってしまうからだ。

そして、それを防ぐ方法は、おそらく老婆を祓《はら》う以外にない。

ただ、やるべきことが明確になったところで、心がなかなか追い付かなかった。

「でも、あんなのどうやって……」

思い出すのは、一瞬で翠を連れ去った老婆の酷く禍々しい気配。

そもそも一華に祓う力はなく、とはいえあれ程強い気配を持つ霊を捕獲した経験はない。

自分の力で敵う相手でないことは、深く考えるまでもなくわかりきっている。――けれど。

「どうせ、もう後戻りなんてできない……」

もはや、覚悟が決まるのを待っている時間はなかった。

一華は下川の手をそっと握りしめる。

「……やれるだけ、やってみます。それで、無事に全部終わったら、必ずここからあなたの魂を――」

思わず、言葉が途切れた。

なぜなら、下川の目にはもうなんの光も宿っておらず、体はいつの間にか白骨と化していたからだ。

握った手も枯れ枝のように朽ち、やがて一華の手の中で脆く崩れ、指の隙間からこぼれ落ちていく。

「…………」

下川は、最後の気力を振り絞って老婆のことを教えてくれたのだ、と。

そう思うと、胸が締め付けられた。

もはや敵う敵わないなどという考えは消し飛び、一華はゆっくりと立ち上がる。

「……駄目だ。抑えられない」

感情任せに動いてもいいことはないとわかっていながら、暴走しはじめた感情はどうすることもできなかった。

一華は根がより密集している方を目指し、足を進める。

複雑に隆起する地面は酷く歩き辛く、地中の奥深くから、生命の気配のようなものが伝わってくるような気がした。

一華は何度も躓《つまず》きながらも、立ち止まることなく楠を目指す。

やがて周囲の空気は徐々に重く禍々しくなり、一華は老婆が間近に迫っていることを全身で感じ取っていた。——そして。

突如森が大きく開けたかと思うと、目線の先に現れたのは、びっしりと苔生《こけむ》した巨大な幹。

その太さは想像をはるかに超えていて、空に向かってうねりながら伸びる姿には、言葉を失う程の迫力があった。

その佇まいは神々しくもあり、強い怒りに駆られてここまでやってきた一華の頭を、わずかに冷静にさせる。

心の奥の方では、なんて神秘的なのだろうと、――これは、神様に見えてしまっても不思議ではないと考えている自分がいた。

ただし、だからといって老婆の守り方が間違っていることは、今さら考えるまでもない。

「……あなたも、無理に寿命に抗おうなんて、望んでいないでしょう」

ぽつりと呟くと、楠が枝を大きく揺らした。

まるで返事をしているようだと思いながら改めて見上げてみると、幹の低い位置には、枝が朽ちて崩れ落ちたような形跡がいくつもあり、少しずつ命を終えようとしている気配が伝わってくる。

ただ、そのたくさんの傷は楠が生きてきた長い年月を思わせ、一華はむしろ美しいとすら思った。――そのとき。

『　ヌ』

ふいに、髪の中に隠れていた田中が小さく声を上げ、するりと肩まで下りてきたかと思うと、楠の左下方を指差す。

田中が指す方向は枝の陰になってよく見えなかったけれど、その行動がなにを意味しているか、一華にはわかっていた。

「あっちに、翠がいるのね……？」

一華は返事も待たずに駆け出し、幹の左側に回り込んで辺りを確認する。

しかし、幹に近い場所は根が酷く入り組んでいる上、樹洞《じゅどう》だらけで死角が多く、必死に探しても翠らしき姿を確認することはできなかった。

「翠……！」

不安に駆られて名を呼ぶが、返事はない。

ふと、もう楠の一部になってしまっていたら——、と、下川の悲しい最期が頭を過り、背筋がゾッと冷えた。

「翠！　返事して！　翠……！」

一華は恐怖に呑まれそうになりながら、何度も何度も翠の名を繰り返す。——そのとき。

『にゃぁ』

ふいに、近くでタマの鳴き声が響いた。

しかし、それはこれまでに聞いたことがないくらいに弱々しく、一華の不安をさらに煽る。

たちまち嫌な予感が込み上げる中、一華はタマの声が聞こえた辺りで視線を彷徨わせ、――思わず、目を見開いた。

「翠……」

そこに横たわっていたのは、体中びっしりと根に覆われた、翠の姿。

傍にはタマもいたけれど、すでにヒョウの姿を保つことに限界を迎えたのだろう、猫に戻って必死に根に牙を立てていた。

しかしタマの細い牙では到底敵わず、むしろ、根は地面から次々と現れ、タマの体すら絡め取ろうとしている。

「翠……！　タマ……！」

一華は慌てて駆け寄り、ひとまずタマに近寄る根を払い除け、それから翠を覆う根を強引に引き剝《は》がした。

すでに傷だらけの指先にふたたび鋭い痛みが走ったけれど、そんなことには構いもせず、一華は次々と伸びてくる根を払う。

「翠！　翠ってば！　起きてよ！　楠の栄養にされてもいいの……？」

悲鳴のような呼び声が、森の中を大きくこだました。

しかし、翠の顔は青白く、もはや生気を感じられない。

「嘘、でしょ……？」

一華は震える手で、そっと翠の頬に触れる。しかし、そこから伝わってくる体温はゾッとする程低く、命が消えかけているような気配すら感じた。

「ちょっと、待ってよ……、こんなところで死ぬ気……？」

心臓が不安な鼓動を鳴らす中、思考は上手く働いてくれず、一華は呆然と翠の顔を見つめる。

「……なにか、言って」

祈るような気持ちで返事を待つが、いつもは憎たらしい笑みを湛《たた》えた唇は静かに引き結ばれたまま、動きそうな気配はない。

「どうせ、冗談なんでしょ？　診療所のときみたいに、ふざけてたって言うんだよね……？」

問いかけるたび、心の奥の方で、あってはならないと思っていた最悪の結末が、徐々に存在感を増した。

その間も、地面から細い根が伸び、翠の体を覆っていく。

「……触らないで」

細い根は簡単に千切れて散っていくが、正直、これではキリがなかった。

とにかく、まずは楠から離れなければ話にならないと、一華は翠の両肩を摑んで力いっぱい引き寄せる。

しかし、翠の体はまるで鎖で縛り付けられているかのようにビクともせず、そうこうしている間にまた新しい根が伸び、翠の肩にするりと絡み付いた。

一華はそれを次々と払い除けながら、強い焦りを覚える。

考えたくないのに、どうしても下川の姿が頭を過り、全身が震えた。

「タマ……、お願い、もう一度ヒョウに……」

一華は縋るような気持ちで振り返り、タマの姿を探す。

しかし、タマはこの濃密な気配に当てられてしまったのか、辛そうに目を閉じ、ぐったりと横たわっていた。

「タマ……」

一華は慌ててその体を抱き上げると、この禍々しい気配から少しでも守ろうと、自分の服の中に隠す。

ただ、タマまでこうなってしまった以上、一華にはもう、思いつく策がなにもなかった。

その上、タマに構っていたほんの束の間に、新たな根が翠の首元に何重にも絡みついていて、背筋がゾッと冷える。――瞬間。

プツンと、頭の中でなにかが切れたような感触を覚えた。

同時に、一度は絶望に呑まれかけていた気持ちが奮い立ち、一華はゆっくり立ち上がって辺りを見渡す。

「もう……、やめて……」

「……いい加減、姿を、現して」

自分のものとは思えないくらいの低い声が零れ、奇妙なくらいにスッと心が凪いだ。

これは、恐怖が怒りに変わった瞬間だと、頭の奥の方で、妙に冷静に考えている自分がいた。

途端に視界がやけにクリアになり、体の感覚が研ぎ澄まされていくような手応えを覚える。

現に、そのときの一華は、さっきまでは混乱して気付きもしなかった、自分に向けられる禍々しい視線を認識していた。

「そんなところに、いたの……」

視線を上に向けると、頭上の枝に隠れるようにしてうずくまる、黒い影が見える。

月明かりの逆光で表情まではわからないが、不満や恨みや悲しみなど、さまざまなマイナスの感情を纏ったその佇まいから、これは老婆だと、すぐにわかった。

不思議と恐怖心はなく、一華は服越しにタマの体をそっと撫で、老婆をまっすぐに見上げる。

「こうして、人の命を次々と吸い上げて、代わりにあなたのお父さんの命を繋ぎ止めようとしてるみたいだけど」

老婆から、返事はない。

「勝手に作った決まりを破ったくらいで、命を奪うことを正当化できるなんて、本気で思ってる……？」

さらに言葉を続けると、老婆の影がゆらりと揺れた。

同時に、気配にじわりと強い怒りが滲む。——そして。

『——神、罰』

ようやく返ってきたのは、老婆を象徴するようなひと言だった。

同時に枝がギシ、と大きく軋み、老婆の影がわずかに接近する。

それでも、一華は怯むことなく手の中の数珠をぎゅっと握りしめた。

「神罰なんてずいぶん大層なこと言ってるけど、……あなたがやっていることは、ただの身勝手な私刑だわ」

老婆の気配が、さらなる怒りを纏って大きく歪む。

「それに、こんなことしても楠は、——お父さんの魂は、汚れるだけよ。理不尽に犠牲になったたくさんの人たちが、あなたを絶対に許さないもの」

そのときの一華は、もし老婆が襲いかかってきたら、持てる力すべてを使って気配を散らして捕獲を試みようという、一か八かの作戦を考えていた。

老婆との力の差は歴然としており、成功する可能性など絶望的だが、自分にはこれしかできないのだから奇跡に賭けるしかないと。

一華はわずかな隙も見逃さないよう、固唾を呑んで老婆の動きを見つめる。

しかし、そのとき。

確実に捉えていたはずの老婆の姿が、突如、一華の視界から消えた。

「なん……」

想定外のことに思考が止まり、慌てて視線を彷徨わせる。——瞬間、強い力で足首を引かれ、抵抗する間も与えられないまま、一華の体は根と根の間に引きずり込まれた。

咄嗟に辺りに蔓延る蔓《つる》を摑んだお陰でなんとか踏みとどまったものの、胸から下は隙間に嵌り、全体重がかかった片腕に痺れが走る。

その上、両足を動かしてもどこにも触れず、まるで宙に浮いているような浮遊感を覚えた。

普通に考えれば土か根に触れるはずなのにと、一華はみるみる奪われていく体力に焦りを覚えながらも、必死に足場を探す。

しかしやはり下にはなにもなく、落ちたら二度と上がってこられないくらいの深淵を想像させた。

「なん、なのよ……、これは……」

強気な言葉を零しながらも、語尾が大きく震える。

なんとかして脱出しなければと思うものの、腕にはこれ以上力が入らず、おまけに一華が摑んだ蔓は今にも千切れそうで、下手に動くことができなかった。

他の救いを求めて辺りを見回すと、視線の少し先に、依然として固く目を閉じた翠が見える。

「……こんなときに、のん気な、顔して……」

今ばかりは、文句を零したところで、いつものような気力は湧かなかった。

どうすることもできないまま、体力の限界が着々と迫ってくる。

やがて意識が朦朧《もうろう》としはじめ、思考も働かず、ついに最期かもしれないという覚悟が過る中、一華は翠を見つめた。

「犠牲を払った、ぶん……、あんたは……、目的を……」

果たして——と。

最後まで言い終えないうちに、視界がぐにゃりと歪んだ。

ついに意識が途切れてしまったのだと、そしてきっともう目覚めることはないだろうと、一華は抵抗をやめて全身から力を抜く。——しかし。

〝――一華〟

ふいに名を呼ばれた気がして薄く目を開くと、黒く歪んでいく視界の中に、焦った様子の翠の顔が浮かび上がった。

これは夢か走馬灯に違いないと、一華はただぼんやりとそれを見つめる。

翠の顔をこんなにまじまじと見つめたことはなかったけれど、改めて見ると昔の面影が残っているような気がして、なぜだか胸が締め付けられた。

同時に、はるか昔のおぼろげな記憶が頭に浮かぶ。

〝一華。俺を信じて〟

それは、一華が唯一覚えている、幼い頃の翠の言葉だった。

なんだか懐かしい気持ちになり、一華はそれを心の中で何度も再生させる。――そのとき、脳裏に突如、見覚えのある風景が広がった。

それは、蓮月寺から程近い、小さな池のほとり。

辺りを不気味な気配に包囲される中、目の前には、一華を背中に庇《かば》うまだ幼い翠の後ろ姿があった。

繋いだ手は小さく震えているのに、振り返った翠は優しく微笑んでいて、その表情に安心感を覚えている当時の感情が、鮮明に蘇ってくる。

これは、あの言葉を聞いた日に違いないと、一華は思った。

そして。

『ねえ、——約束、しよう』

突如翠はそう呟き、一華の手を引いたまま力強く足を踏み出す。

しかし、それと同時に、一華の視界は暗転した。

翠の言葉の続きを思い出したいのに、もはやどこにもその姿はない。

もう走馬灯も終わりかと、そしていよいよ本当に最期を迎えるのだと、一華はどこか他人事のようにぼんやりと考えていた。——そのとき。

「一華ちゃんって！」

突如ハッキリと響いた声に驚き目を開けると、一華の手首を摑んで引っ張り上げようとしている翠と目が合う。

まだ走馬灯が続いていたのかと、しかし最期に思い出すにしてはずいぶん騒々しいと思いながら、一華は呆然と翠を見上げた。

一方、翠はこれまでに見たことがない程焦った様子で言葉を続ける。

「頼む、から、……ソレ振り払って、早く上がってきて……！　そこに連れ込まれたら、マジでやば……」

「え……、それ、って……」

これは現実かもしれないとようやく認識しはじめたのは、声が出た瞬間のこと。

「早く！」

「翠……、なんで……」

「あとで全部説明するから、一旦上がって！　お願い！」

「…………」

状況がまったく理解できず、頭はまだぼんやりしていた。

ただ、翠が必死に助けようとしてくれていることだけは伝わり、一華はひとまず言う通りにしようと、翠の手をしっかりと掴む。

しかし、這いあがろうにも体が異常に重く、そして足がやけに冷たく、なんだか無性に嫌な予感を覚えた。

「ねえ、……なにか、私の足に、しがみ、ついてる……？」

尋ねると、翠は大きく目を泳がせる。

「いやぁ……、なんて、いうか……」

「……な、によ」

「ひとまず今は、上がることだけ、考えない……？」

「…………」

含みがありすぎるその言い方に、一華の予感はあっさりと確信に変わった。

ただ、翠のどこかふざけた口調に、不思議と安心感を覚えている自分がいた。

「……とり、あえず……、あとで色々、文句、あるから……！」

そう宣言した途端に気力が戻ってくるような感覚を覚え、一華は腕に渾身の力を込め、ずっしりと重い体を無理やり持ち上げる。

同時に、翠の背後からヒョウの姿のタマがひらりと現れ、一華の襟首を咥えて一気に引っ張り上げた。

そのまま地面に投げ出されるかと思いきや、寸前で翠に抱き止められ、一華はひとまずほっと息をつく。

しかし、足にまとわりつく冷たい感触は依然としてあり、慌てて体を起こして足元を確認した瞬間、一華は息を呑んだ。

「なん……」

言葉を失ったのも無理はなく、一華の目線の先にあったのは、足首にしがみつき血走った目を見開いて一華を睨みつける、老婆の姿。

ただし、意識を失う前に感じられた禍々しさはもうなく、老婆は間もなく駆け寄ってきたタマによって、あっさりと一華から引き剝がされた。

まったく状況が理解できず、一華は必死に思考を働かせる。

しかし、それでも唯一わかったことといえば、自分が意識を失っている間に、状況がこうも変化するくらいの大きな展開があったということのみ。

そんなことを可能にする存在として、一華には、唯一思い当たるものがあった。

「翠、……あんた、なにしたの」

問いかけながら思い浮かべていたのは、翠が従えている黒い影のこと。

すると、翠は小さく肩をすくめた。

「なにって、楠を枯らしたんだよ。老婆は地面の中を通ってたし、完全に楠と一体化してるんだろうって予想してたから。案の定、楠が枯れはじめると同時に老婆も弱ってくれて、助かったよ」

「だけど、あんたさっき、死にかけてたでしょ……？」

「あれは死にかけてたっていうより、こっちの都合で仮死状態になってたんだ。散々老婆の悪い念を吸い続けた楠が異常にしぶといから、俺の力を全部奴に、――いわゆる相棒に、使わせようと思って」

「相、棒……？」

「でもびっくりしたよ。目を覚ましたら一華ちゃんが変な穴に落ちかけてるし、足に老婆がしがみついてるし」

「……相棒って、なに」

「うん？」

「あんたの言う相棒って、まさか……」

「あ、ちょっとまって。先にそっち片付けよう」

翠は突如会話を中断すると、一華の背後を指差す。

見れば、すっかり弱った老婆が地面に爪を立てながら、じりじりと一華たちに迫っていた。

一華は慌てて老婆の方を向き、数珠を握る。

しかし、翠はそんな一華の腕を引いて自分の背後に庇うと、突如、手のひらからするりと黒い影を出した。

それはある意味、さっきの問いの答えが明らかになった瞬間でもあった。

つまり、翠が〝相棒〟と呼んだのはまさにこの黒い影であり、それどころか、楠を枯らすために自分が仮死状態になる程魂に侵蝕させたのだと、一華は理解する。

「一華ちゃん、もう少し下がってて。こいつを久々に大暴れさせたせいで、あまり制御がきかなくなってるから」

「…………」

「ねえ、聞いてる？　下がっ……」

「やめて」

低い呟きが零れた瞬間、翠が驚いたように振り返った。

一華は明らかに戸惑っている翠を押し退けて前に出ると、黒い影を纏っている翠の手首を握る。

「これ、今すぐ引っ込めて」

「え……？」

「いいから、使うなって言ってるの。……あとは、私がやるから」

「いや、でも、いくら弱ってるっていっても相手は……」

「私の力じゃ敵わないって言いたいんだったら、あんたがこいつを使わず、自分で散らして。そしたら、私が捕獲するから」

「あのさ、わざわざそんな回りくどいことしなくても、この霊に救う価値なんて全然……」

「早く」

「一華ちゃん……」

「……お願い」

「……わかったよ」

翠はわけがわからないといった様子ながらも、一華の言う通り黒い影を引っ込め、代わりに数珠を握る。

そして、やれやれといった様子で溜め息をつき、一華に視線を向けた。

「じゃあ、試験管の準備しといて。ちなみに、一華ちゃんの力じゃ敵わないってわけじゃなくて、すでに相当ダメージを受け……」

「わかってるから、早くして」

「……はいはい」

翠は頷くと、数珠を握った手を老婆に向けて突き出す。——瞬間、老婆の体はあっという間に霧のように散り、辺りに大きく広がった。

前にも感じたことだけれど、翠が霧散させると一華がやるよりずっと粒子が細かく、下手すると見失いそうで、一華は慌てて試験管を高く掲げる。

すると、それらは空中で大きく渦を巻きながらふたたび集まり、試験管の中へと吸い込まれていった。

老婆の気配は霧になってもなお禍々しく、試験管の表面が氷のように冷え、支える両手の感覚が曖昧になっていく。

それでも一華はしっかりと試験管を支え、ようやくすべてを回収し終えると、固く栓をしてお札を巻きつけ、ほっと息をついた。

途端に、辺りはしんと静まり返る。

しかしそれも束の間、今度は頭上からギシ、と鈍い音が鳴り響いた。

慌てて見上げると、視界に広がっていたのは、空を覆うように鬱蒼と枝を伸ばしていた楠のすっかり瘦せ細った姿。

それらは真っ黒に朽ちながら徐々に崩れ落ち、地面のいたるところに残骸の山を作っていた。

一華はふと、さっき翠が言っていた「楠を枯らした」という言葉を思い出す。

望んだ結果ではあるが、あれほど力強かった楠の命が終わっていく様はどこか悲しく、そして、これらすべてが黒い影の力によるものだと思うと怖ろしくもあった。

「さっきも言ったけど、楠は老婆とほぼ一体化してたから、すっかり枯れたらこの精神世界も消えると思うよ。まあ、楠は老婆に毒されていただけの被害者だから、ちょっと可哀想だけどね。……ただ、そもそも寿命が近かったみたいだし、このまま長く苦しみ続けるよりいいんじゃないかな」

「……それは、そうかも」

長く苦しみ続けるという言葉で、一華はふと、下川のことを思い出す。

下川は魂が果ててしまう寸前まで一華に多くのことを教えてくれ、末代まで続く神罰を止めてほしいと訴えてきた。

その強い思いに触れたとき、一華は、由衣を助けたのもやはり下川に違いないと確信した。

一華が会ったときの下川はすっかり根と同化していたけれど、由衣が迷い込んだ時点ではおそらく動けるだけの気力を残していて、老婆が下す「神罰」から必死に守ろうとしていたのだろうと。

なんだか胸が締め付けられ、一華は視線を落とす。

するとそのとき。

「……ところで、今回に関しては、俺にも文句があるんだけど」

突如翠が不満げにそう言い、横から一華の顔を覗き込んだ。

「文句……？」

「俺、タマたちと一緒に精神世界から出てって言ったよね。なのに、なんで戻って来たの？」

「なんで、って」

「結局危険な目に遭ってるし、もし老婆と一緒にあの穴に落ちてたら、楠もろとも朽ちてたかもしれないのに」

「……それは」

「それは？」

「あんたが、『俺が死んだときは』なんて物騒なことを言うから」

「いや、それは万が一の話じゃん……。楠を枯らせばなんとかなるだろうと思ってはいたけど、一華ちゃんも見た通り一時的に仮死状態になってたわけだし、その間は俺、なんにもできないからさ。そもそも、こっちが押し負ける可能性だって十分にあったし、それで一華ちゃんにもしものことが……」

「――だったら、どうしてそれを先に言わないの」

自分で思った以上に攻撃的な口調になり、翠が大きく瞳を揺らす。

その表情を見た途端、表現し難いもどかしさが、心の中で一気に膨れ上がった。

「いや……、あのときは、そんな余裕が……」

「嘘。翠は神罰のエリアに踏み込んだ時点で、大体のことを察してたはず。……私だけ気付いてなくて、馬鹿みたいに動揺して、しかも逃げろだなんて、いくらなんでも――」

込み上げた涙を慌てて堪えたせいで、最後は不自然に途切れた。

しかし言いたいことはまだまだ山程あり、一華は一度大きく息を吐き、ふたたび言葉を続ける。

「『自分が死んだときは』なんて聞かされて、私が逃げると思ったの？」

「それは……」

「そんなわけないでしょ。もし翠が死んで、同時にタマも田中も消えて、そしたら私、また――」

また、一人になってしまう、と。自分でもまったくわけがわからないことを言いかけて、一華は慌てて口を噤んだ。

「一華ちゃん……？」

戸惑いの滲む声で名を呼ばれ、混沌としていた思考がスッと冷静になる。

ただ、このまま続けるとまたおかしなことを口走ってしまいそうで、一華はひとまず気持ちを切り替えようと、傍で不安げに見上げるタマを抱えて立ち上がり、翠に背を向けた。

「……とにかく、先にここから離れた方がよさそう。朽ちた枝が次々と降ってきてるから、ぼーっとしてたら埋まっちゃう」

「……わかった」

翠はわずかな沈黙を置いた後、少しもどかしげに頷く。

そして、枝に続いて朽ちはじめた足元の根を注意深く避けながら、ごく自然に一華の手を取り、少し前を歩いた。

「じゃあ、ひとまずは楠から離れて、精神世界がちゃんと消えるかどうかを見届けようか」

そのスマートさには逆に腹が立ったけれど、一華にはもう文句を言って振りほどく程の元気もなく、これはもはや翠の癖なのだと強引に納得し、後に続く。

やがて森の中の長い傾斜を下ると、目線の先に、老婆の家が見えはじめた。

ただ、その佇まいは老婆を捕獲する前とまったく違い、屋根や壁の半分以上が崩れ、何十年も放置された廃墟のような有様だった。

「いよいよ、老婆の精神世界に現実の風景が混ざり始めたね。家もすでに原形を留めてないし」

「……本来は、こういう状態だったってことね」

「あ、でも……、見て」

ふと翠が指差した方を見ると、崩れた壁の隙間で鈍く光るものが目に留まる。

一華はなんだか強い衝動に駆られ、翠の手を解くと、まるで誘われるように家の中へ足を踏み入れた。

そして、半分土に埋もれたそれを注意深く掘り起こすと、出て来たのは、精神世界の老婆の家に唯一飾られていた、写真立てだった。

収められている写真も同じもので、父娘が並んで写っている。

ただし、それは精神世界で見たときよりもさらに劣化が進んでおり、写真立て自体にも大きく亀裂が入っていた。

「この写真、現実の世界にもまだ存在してたんだ……」

「みたいだね」

ひとり言のつもりが背後から返事が聞こえ、後ろを見上げると、翠と目が合う。――瞬間、思わず不自然に目を逸らしてしまい、一華は上手く取り繕うことすらできずにふたたび写真に視線を落とした。

一方、翠はとくに気にする素振りもなく、ふたたび言葉を続ける。

「これが大切なものだってことは明らかだし、親戚でもいれば亡くなった後に一緒に火葬してもらったんだろうけどね。でも老婆は天涯孤独で、家もほぼそのままの状態で放置されてたみたいだから、写真もそのまま残ってたんじゃないかな」

「……そう」

一華はそれを拾い上げると、袖で表面の汚れを拭い、老婆の魂を込めた試験管と一緒にポケットに仕舞う。

「持っていくの？」

翠は意外そうにしていたけれど、一華は小さく頷いてみせた。

「これも一緒に嶺人に送ろうと思って」

「本気……？　そりゃ、あれば供養の手助けにはなるだろうけど、相手は何人も殺したやばい奴だよ？　情をかけすぎじゃない？」

「別に、優しさとかじゃなくて。単純に、成仏できないまま蓮月寺に延々居座られて、嶺人にどこで捕まえたか問い詰められたら面倒なことになるってだけ」

「……へぇ」

優しさではないという言葉は、嘘ではなかった。

とはいえ、あまりにも大切にされた写真を見て、まったくもって同情心が湧かなかったかと問われると、そうとも言いきれない自分がいた。

「……ただ、父親と幸せに生きていた日々そのものまで否定する権利は、私にはないから。いつか再会できればって思うくらいは、別に」

「……優しさじゃん」

「私の中では、違うの」

一華はそう言うと、反論は受け付けないとばかりにその場を後にする。

歩きながら辺りを見渡すと、家を囲っていたバリケードも、辺りに点在していた「神罰」のエリアもすっかり消え、視界には延々と荒れ放題の農地が広がっていた。

ただ、根で隆起した地面からは、楠の周りと同様に黒い霧が立ち昇り、辺りの景色を暗く曇《くも》らせている。

その風景はなんだか物寂しく、一華が思わず見入っていると、ふいに、翠に軽く背中を押された。

「いろんな念が混ざってると思うから、あまり近寄らない方がいいよ。もう少し離れよう」

「……わかった」

一華は頷き、楠とは逆方向へ黙々と歩き続ける。——そのとき。

「——ねえ、一華ちゃん」

突如名を呼ばれ、反射的に足が止まった。

「……なによ」

「怒ってる？」

「………」

つい口を噤んでしまったけれど、翠がそんな質問をしてきた理由はわかっていた。

明らかに口数が減った一華に不安を覚え、おまけに心当たりが山程あり、困惑しているのだろうと。

ただ、改めて自問自答したところで、浮かんでくるのは怒りではなく、複雑な感情だった。

それを言語化するのは難しく、一華は頭の中で「疲れただけ」や、「大丈夫だから気にしないで」など、波風立てない返答を思い浮かべる。

しかし。

「……怒ってはない、――けど」

口から勝手に零れたのは、準備していたどれとも違っていた。

「……けど？」

問い返す翠の語尾がかすかに揺れる。

おそらく、本気で一華の様子を心配しているのだろう。

出会った瞬間から嘘だらけの翠が、そういう素振りを見せるくらい造作もないことだとわかってはいたけれど、不思議と、そのときは素直にそう思えた。――そして。

「ちょっと、……落ち込んでる」

続けて口にしたのは、なんの誤魔化しもない本音。

その瞬間、翠は一華の前に回り込み、視線を合わせた。

「……どうして？」

「よくわからないけど、多分、なんにも言ってもらえなかったことに。……でも、昔から私には、誰も、なにも教えてくれないのよ。……いてもいなくても変わらない私に言ったところで、なんの意味もないって思われてるんだろうけど」

「いや、……ちょっと待って、俺は……」

「結局、信用されてないっていうか。今日の翠だって結局――」

「……一華ちゃん」

「……って、さすがに今のは卑屈すぎたかも。なんか私、ちょっとおかしいみたい。ともかく、別に翠を責めてるわけじゃないから、気にしないで放っておいて」

取って付けたように弁解を並べながら、これは酷い八つ当たりだと自覚していた。

単純に自分が役に立てないというだけの話なのに、昔の記憶まで引っ張り出して悲観するなんて、あまりに子供じみていると。

現に、口にした瞬間から心の中のモヤモヤはさらに増し、早速強い後悔が込み上げていた。

とはいえ、一華にはもはやどう収拾を付ければいいかわからず、深く俯く。

すると、翠がふいに一華の頭に触れ、そっと引き寄せて自分の両腕の中にすっぽりと収めた。

「ちょっ……」

突然のことに驚き、慌てて離れようとしたものの、翠は両腕にさらに力を込める。そして。

「ごめん……」

頭の上で、小さな謝罪が響いた。

「だ、だから、翠が気にする必要はないって今……」

「落ち込まれるくらいなら、怒られた方が何百倍もマシだわ。……こういうのは、しんどすぎる」

「…………」

「ごめんね」

翠の言葉が思いの外心に刺さり、思わず涙が滲む。

しかし一華は無理やりそれを堪え、翠の体を押し返した。

「苦しいってば！　力が強いのよ……！」

翠はようやく体を少し離すと、困ったように眉根を寄せる。

「寂しい思いをさせたんじゃないかって思ったら、つい……。ただ、信用してないとか、そういうことじゃないんだ。今は、俺がなにを言っても響かないかもしれないけど……」

弱々しい言葉と悲しげな表情に、ふたたび胸が締め付けられた。

少しでも油断した途端にまた涙腺が緩んでしまいそうで、一華はそんな自分を奮い立たせるために、翠を睨みつける。

「確かに、ぜんっぜん、なんっにも、響いてないけど、……だからって、私の八つ当たりなんかをいちいち引きずらないで。……これからも、まだ続けるんでしょう？」

「続けるって、協力関係をってこと……？」

「当然」

「いいの？……懲《こ》りてない？」

「いいもなにも、どうせ視力は戻ってないんだろうし、今回もハズレだったなら、否が応でも続くじゃない」

「一華ちゃん……」

「あと！　ひとつだけ、言わせてもらうけど」

「は、はい」

「あんたの今の〝相棒〟は、あの不気味な影じゃなくて、私だから」

そう高らかに宣言した瞬間、さっきまで弱っていたはずの心が、持ち直していくような感覚を覚えた。

やはり自分の原動力は怒りらしいと、一華は改めて思う。

かたや、翠はしばらくポカンとした後、力が抜けたように笑った。

「重ね重ね、逞《たくま》しいわ……」

「なに笑ってるの。こっちは落ち込んでるって言ってるのに」

「それ落ち込……いや、うん。……あのさ」

「なに」

「ありがとう」

不意打ちのお礼に固まっている間に、一華の体はまた翠の腕の中に引き寄せられる。

その仕草がやけに優しく、今度はなぜだか押し返すことができなかった。

「……その欧米人みたいな癖、なんとかならないの？　寺生まれのくせに」

せめてもの抵抗にと文句を言うと、翠は一華の頭に顎を乗せたまま、小さく笑う。

その振動と体温を間近で感じながら、――翠が生きていてよかったと、今になってようやく実感している自分がいた。

「それは寺生まれへの偏見だよ。坊主もハグくらいするでしょ」

「少なくとも、あんたは距離感がバグってる」

「バグってないよ。さすがに檀家《だんか》に抱きついたことはないし」

「そういうことを言ってるんじゃない！」

これ以上は速い鼓動に気付かれてしまいそうで、一華は翠から無理やり体を離す。

すると、翠はようやく一華を解放し、かと思えば今度はそっと髪に触れた。

「ちょっ……、だから距離感……」

「違う違う。いい加減コレを回収しようかと」

「コレ？」

そう言いながら翠が髪の中から摘み上げたのは、小さくなった田中。

田中はまるで眠っているかのように目を閉じたまま、翠が揺らしても起きる気配はなかった。

「そ、そうだ……、田中が隠れてたんだった……」

「忘れてたの？　ってか、居眠りする霊なんて初めて見たんだけど。よっぽど安心感があったんだろうね」

「そういえば、田中って浮かばれないの？」

「浮かばれないね、簡単には」

「……そう」

こうもはっきり断言されると、なんとなくそれ以上聞くことができず、一華は口を噤む。

一方、翠は依然として目覚める気配のない田中の体を何度も揺らした。

「おーい、田中さん起きて」

「そ、そんな無理やり起こさなくても、寝かせておけば？　多分、気が抜けたのよ。翠のこと心配してたし」

「そう言うけど、田中さんは仮にも契約してる式神だよ？」

「別にいいでしょ、今日はもうすることないんだから。それに、起きたら起きたでまた不気味だし」

「散々頭に乗せといて、今さら？……まあ、別にいいけど」

翠はそう言うと、小さくなった田中の姿を物珍しそうにまじまじと眺め、結局胸ポケットに仕舞う。

それから二人は、黒い霧が少しずつ晴れていく様子をしばらく眺めた。

「景色が戻って、楠の様子を確認したら、全部終了だね」

「こういうのはもう二度と御免だわ」

「毎回言ってない？」

「毎回思うんだもの」

「……でも、辞めたいとは言わないんだ？」

「それは、自分の未来がかかってるから」

もちろん嘘ではなかったけれど、今やそれだけではなくなっていることに、一華は薄々気付きはじめていた。

そのとき一華の頭を巡っていたのは、ついさっき無意識的に言いかけた、〝また、一人になってしまう〟という言葉。

あの瞬間、自分の深層心理にあったものを突きつけられてしまったような気がして、思わず動揺した。

毎回嫌々付き合っている体を取り繕いながらも、結局、この関係性に一番居心地の良さを感じているのは、自分なのではないかという可能性に気付いてしまったからだ。

それは、実家にいた頃に日々感じていた孤独感が、翠たちとの時間によって埋められている証拠でもあり、それ自体を悪いことだなんて思ってはいない。

ただ、いずれ真逆の道を進むことがわかっているだけに、知らず知らずのうちに自分の居場所のように馴染んでしまう怖さに、酷く戸惑っていた。

「いや……、私はそんなに愚かでは……」

つい考えていたことが口から漏れ、翠が瞳を揺らす。

「どした？」

「……なんでもない」

「結構自分を棚に上げるよね」

「え？」

「こっちこそなんでもないよ。そろそろ楠の様子を見に行こうか」

「……わかった」

一華はいまだ収まらない動揺を隠し、ひとまず頷く。

そして、二人はふたたび楠の方へ向かった。

気付けば空はもう白みはじめていて、農地から立ち昇っていた黒い霧もすっかり消え、次第に鳥の囀《さえず》りが聞こえはじめる。

景色自体にそう大きな変化はないが、肌に触れる風や木々の香りがさっきまでとは明らかに違い、少しずつ、ここがもう現実世界であることを実感した。

「老婆の精神世界はもう消えたんだよね？」

念のために尋ねると、翠ははっきりと頷く。

「うん。完全にってわけじゃないけど、九分九厘は。にしても、珍しい体験だったなぁ。精神世界に入り込むなんて、そうそうできることじゃないよ」

「もう過去形……？　切り替えが早くて羨ましいわ」

「だって、否が応でもまだまだ続くんでしょ？　だったら切り替えないと」

「……蒸し返さないで」

文句を言うと、翠は楽しそうに笑い、ふいに一華の手を握った。

「ちょっと……、さすがにもういいでしょ」

「いや、精神世界から出ちゃったら、俺の視力ゼロだし」

「だから、もう視力は必要ないって言ってるんだけど」

「あるよ。だって老婆に殺された人たちの地縛霊を回収して帰るんでしょ？」

「そうだけど、あんたに捕獲はできないじゃない。だったら私ひとりで十分」

「そう言わずに一緒にやろうよ。相棒なんだから」

「……まじで、腹立つ」

思い切り手を振り解くと、翠はついに声を出して笑った。

ただ、翠がこういう態度を取るのは一華を気遣っているときだと、一華にはわかっていた。

翠が気にしているのはおそらく、さっき一華が思わず零してしまった、「落ち込んでる」という本音のこと。

ひとまず怒りによって持ち直したのだから、いっそ全部忘れてほしいと言いたいところだが、わざわざ自分から蒸し返す気にもなれなかった。

「とりあえず、下川さんを見つけてあげないと。楠に向かう途中で、いろいろ教えてもらったから」

結局、一華は無理やり話題を変える。

「え？　下川さんに会ったの？」

翠もまた、そんな一華に合わせたのだろう、ごく自然に一華の言葉を拾った。

その後、ふたたび森へと戻ると、楠は最初に見たときの面影をすっかり失い、痩せ細った姿で弱々しく佇んでいた。

霧と散ってしまった精神世界と違って原形を留めてはいるものの、青々と繁らせていた葉はすべて枯れ落ち、枝を地面に向かってだらりと垂らしている。

もはや生命の気配はまったく感じられず、精神世界で見た終焉以上に物寂しい空気を纏っていた。

「あんなに立派だったのにね」

その姿をぼんやり見つめながら呟くと、翠も横で頷く。

「だね。でも、老婆によって無理やり延ばされた寿命だったから、ずっと苦しかったかも」

「楽になったんだったら、いいけど。……それにしても、老婆はどうして楠に父親を重ねたんだろう」

「さあねぇ。ただの想像だけど、小さい頃から身近にあった立派な楠に、父親の偉大さとか、包容力みたいなものを感じたんじゃない？」

「偉大さに、包容力ね……」

曖昧に頷きながら、一華は自分の父親のことを思い浮かべていた。

一華は自分の父親に対して、とくにそういったイメージを持っていない。

偉大であるということは、幼い頃から周りの人間によって散々刷り込まれているけれど、当人を前にしてそれを実感したことは一度もなかった。

あるのは、威圧感のみ。そして、もっとも伝わってくるのは、一華への関心のなさ。

幼かったからこそなおさら、自分に興味のない人間に対して特別な感情を持つことは難しく、父親を讃える人たちを、一華はどこか冷めた気持ちで見ていた。

「翠にとっても、お父さんはやっぱり偉大なの？」

なんとなく興味本位で尋ねると、翠は眉根を寄せて考え込む。

ただ、考える余地がある時点で、自分と認識が違うことは明らかだった。――しかし。

「偉大で立派だけど、可哀想な人だよ」

「可哀想……？」

予想もしなかった言葉に、一華は思わず目を見開く。

「うん。可哀想」

「どこが？」

「どこが、って聞かれるとちょっと難しいんだけど、父を見てるとそう思うんだよね。昔から」

「よく、わかんない」

「俺も。ただ、尊敬はしてる。当主としての責務を完璧に全うしようとしてるところとか」

「……へぇ」

正直、一華にはよくわからなかった。

気の抜けた返事をすると、翠が楽しそうに笑う。

「ま、父親っていっても所詮は同じ人間だし、父子関係だって千差万別だよ。子供から憎まれて殺される父親もいれば、人殺しまでしても生きながらえさせたいくらいに執着される父親もいるっていう。もちろんそれは極端なケースだけど、どうであれば正しいとか幸せなのかは、他人が判断することじゃないからね。父親に仕立て上げられた楠だって、案外幸せだったかも」

「……坊主の説法みたい」

「実際は、坊主になる予定だった人間の戯言《ざれごと》だよ」

「うっかりミスで坊主になり損ねた人間の、でしょ」

「ぐうの音も出ない」

つい茶化してしまったけれど、翠の言葉は、案外しっくりきていた。

千差万別ならば、父親に対して特段感情のない自分もまた、数あるケースの中のひとつだと思えたからだ。

意外と悪くない説法だったとぼんやり考えていると、翠は突如枯れた幹の傍まで足を進め、一華を手招きした。

「これ見て、一華ちゃん。本物の子供が生まれてるから」

「本物の子供?」

なにごとかと近寄った一華は、思わず目を見開く。

翠の足元からは、小さな葉を付けた新芽が、枯れた幹を押し除けるようにまっすぐに伸びていたからだ。

枯れてしまった楠に比べるとあまりに小さいけれど、そこから伝わる力強さには、勝るとも劣らないものがあった。

「……すご」

「すさまじい生命力だよね。それに、この芽は悪い念の影響を受けてないみたい。見るからに健やかに育ってるし」

「そんなことあり得る? 楠から生えてるのに……?」

「守ったんじゃない？　親として」

「聞きたいのはそういう美談じゃなくて」

「いや、でも、説明がつかないからさ。そういうことでいいじゃん」

翠の説明はずいぶん適当だったけれど、確かにそれは他の解釈が思いつかない、とても不思議な現象だった。

おかしなことがあるものだと、一華は新芽の前に座り込み、まじまじと観察する。

翠はそんな一華にしばらく黙って付き合っていたけれど、やがて周囲の気配が気になりはじめたのか、一華の肩にそっと触れた。

「先に、犠牲者たちの念を回収しようか。それに、いい加減帰りたいでしょ？　相当疲れてるだろうし」

「いや、……別に、そこまでは」

「そんなはずないって。終電に乗ってから今までほぼ動き回ってたし、精神疲労もやばいはず。まだ気が張ってて、自覚がないだけじゃない？」

「それは、まあ、否定できないけど。……だとしたら、今のうちに終わらせといた方がいいかもね」

一華はそう言いながら、ポケットを漁って予備の試験管とお札を取り出す。

ただ、指摘されたことで体が疲れを自覚しはじめたのか、途端に腕も肩もずっしりと重く感じられた。

一華のぎこちない動きに違和感を覚えたのか、翠が申し訳なさそうな表情を浮かべる。

「やっぱり、もうフラフラしてるじゃん……。じゃあ、一華ちゃんはここに座ってて。魂は俺と田中さんで集めてくるから、回収だけお願い」

本当は大丈夫だと言いたいところだったけれど、疲労はみるみる進行していて、立っているだけで体がフラついてしまい、もはや思うように動けなかった。

これではどうにもならないと、一華は渋々頷く。

「……わかった、準備しとく。ただ、予備の試験管は一本しかないから、たくさんいる場合はしばらく窮屈な思いをさせちゃうけど」

「どれも大きな気配じゃないから大丈夫だよ。東京に帰るまでの間だし、相席してもらおう。被害者の会ってことで」

「……笑えないんだけど」

冷たく返しながらも、いつも通りの不謹慎な冗談に気が抜け、溜め息に笑い声が混ざった。

翠は少しほっとしたように笑い、田中と一緒に楠の周囲の気配を探しはじめる。

ふと、老婆に捕まっていた翠の方がよほど疲れているのではないかという心配が過ったけれど、そのときの一華は自分のことで手一杯で、声をかける余裕すらなかった。

やがて、翠が五人分の魂を連れて戻ると、一華はわずかに残った集中力でそれらを試験管に収める。

幸い、魂たちはなんの抵抗もなく、あっさりと中に吸い込まれた。

今回も急いで嶺人に送ってやらねばと思いながら、一華は注意深く栓をする。——瞬間、ふと、「ありがとう」と、下川の声が聞こえた気がした。

視界が暗転したのは、その直後のこと。

どうやら限界を迎えたらしいと、落ちゆく意識の中で一華は察する。

ただ、人も車も通らない山奥の、さらに森の中で倒れてしまったというのに、不思議と不安も危機感もなかった。

それどころか、きっと翠がなんとかしてくれるだろうと、酷くのん気なことを考えている自分がいた。


目を覚ましたのは、車の中。

小気味良い振動に揺られ、ゆっくりと覚醒していく意識の中で、車に乗っているということはもう都内に戻ってきたのだろうと、一華はぼんやりと考えていた。

薄く目を開けると、運転席には翠の姿。

その横顔を見てひとまず安心し、ゆっくりと体を起こす。そのとき、パッと目に入った外の景色を見て、混乱した。

「え……」

目の前に広がったのは想像していた都会の雑踏ではなく、自然豊かな風景。

ここはいったいどこなのだと、一華は助手席の窓に張り付いて景色を眺める。

すると、運転席から翠の笑い声が響いた。

「激しい寝起きだね。おはよう」

「……ここ、どこ」

「どこって、まだ楠刃村の近くだよ。もっと寝ててよかったのに」

「え？……でも、なんで車が……」

「なんでって、精神世界が消えた後に帰る手段がなくなるのはわかりきってたから、知り合いに頼んで、あらかじめ近くに用意してもらってたんだ」

「知り合い……？」

「こっちの事情を知ってる人。いわば、協力者みたいな感じ。まあ、しっかりお金は取られるけど」

そう言われて改めて車内を見ると、確かに翠の車とは内装がまったく違っていた。

ようやく状況を理解し、一華はシートに座り直す。

「意外と、ぬかりない……」

「意外は余計だけどね」

「教えといてくれたらよかったのに。もう都内を走ってると思い込んでたから、外見てびっくりした……」

「いやー、車なんてただの事前準備のひとつだし、言う程のことでもないかなって。ってか、最初から帰りはこの車を使う予定だったから、後日上野に自分の車を取りに行くのが面倒だと思ってわざわざ上野駅待ち合わせにしたんだけど、現地集合って聞いたとき、なんで迎えに来ないんだよって疑問に思わなかった？」

「文句が多い人」

「思うわけないでしょ。私をどんな奴だと思ってるの」

「…………」

心当たりがあるだけに反論できず、一華は黙って外を向く。

ただ、今になって考えてみると、自分の事務所で打ち合わせをするときですらわざわざ渋谷まで迎えに来る翠が、今回だけ現地集合にしたのは確かに不自然に思えた。

「ってのは冗談で……、帰りはちゃんと家まで送るし、もう少し寝てなよ」

黙った一華を見て機嫌を損ねたと思ったのか、翠はわざとらしい程に明るい声でそう言う。

一華はやれやれと思いながら、首を横に振った。

「……別に、もう平気。それより、疲れなら翠の方がよっぽど深刻でしょ。なんなら運転代わるけど」

「いいよ、そんなの。そもそも免許持ってんの？」

「持ってる。公道を運転したことは一度もないけど」

「……それで運転代わるなんてよく言えたね」

「私はただ、翠が疲れてるだろうと思ったから。……森から車までは、翠が私を運んでくれたんだろうし」

「いやいや、そんなの一華ちゃんが気にするところじゃないよ。こっちは協力してもらってる立場なんだし」

「でも、ありがとう」

「…………」

素直なお礼がよほど意外だったのだろう、ルームミラー越しに見た翠からは、わずかな戸惑いを感じた。

なにせ、「文句が多い人」という認識を持たれているのだから無理もないかと、一華はなんだか居たたまれず、ふたたびシートに体重を預けて翠に背を向ける。

「ごめん、やっぱ寝るわ。……おやすみ」

翠は依然としてなにも言わなかったけれど、この嘘がバレていることは、わざわざ考えるまでもない。

一華はいっそ本気で寝てしまおうと、固く目を閉じる。――しかし、そのとき。

「あのさ、一個聞いていい？」

ふと、やけに真剣な声が響いた。

「……なに」

なんだか嫌な予感を覚えつつ、一華は無理やり平静を繕って答える。

すると、翠はしばらく意味深な間を置いた後、静かに言葉を続けた。

「どうして一華ちゃんは、俺が式神を使うのを嫌がるの？」

ドクンと、心臓が大きく揺れる。

翠の言う式神が、田中やタマではなく〝相棒〟と称した黒い影を指していることは、もちろんわかっていた。

「それは……」

「それは？」

「……それ、は」

「いつも、止めようとするよね。だから、気になって」

「…………」

いっそ、あれは何者でどういう契約なのだと、問い詰めてしまいたい気持ちもあった。

しかし、心の奥の方で、知ってはいけないような、知ればなにかが終わってしまうような、言い知れない予感が一華にブレーキをかける。

なぜなら、思い付く推測すべてが酷く絶望的なものばかりで、とても受け止められる自信がなかったからだ。

同時に、一華は気付いていた。

これまで、黒い影のことを考えるたび、自分には関係なく口出しする権利もないとか、かと思えば使わせたくないとか、心の中でさまざまな矛盾や葛藤を繰り返してきたけれど、結局、――自分は絶対に、どうしても、翠に死んでほしくないのだ、と。

浮かんだ結論は酷くシンプルであり、剝き出しの本音だった。

いくら初恋の相手とはいえ記憶にも薄く、再会してからたいした時間も経っていない相手のことを何故こうも心配してしまうのか、一華にはわからない。

ただ、それがたとえば仲間意識や、ましてや恋心なんて緩いものでないことだけは確かであり、言うなれば、記憶の奥の方に居座る別の人格に、必死に訴えかけられているような感覚があった。

「一華ちゃん……？」

「あ、……えっと」

「どした？」

「………」

このバレバレな動揺は、翠の目にどう映っているのだろうと一華は思う。

ただ、どれだけ不自然であっても、今は心の中のものをすべて吐き出すわけにはいかなかった。――そして。

「――怖い、からよ」

咄嗟に口にしたのは、半ばやけくそな言い訳。

「……は?」

「怖いから。……あんたの、式神が」

「いや、あのさ……」

「アレを見たら固まって動けなくなるの。怖すぎて」

「………」

「だから、もう出さないでほしい」

これ以上ないくらい微妙な空気の中、落ち着かない沈黙はしばらく続き、これを押し通すのはさすがに無謀だったかと、一華は頭を抱える。

けれど。

「……なら、そういうことにしとくよ」

翠はそう言って、まるで我儘《わがまま》な妹を宥めるかのように一度だけ頭を撫でた。

まさかの展開に、一華はガバッと体を起こす。

「それってつまり……、もう、使わないってこと……？」

「さすがに約束はできないけどね。今日みたいに、アレでしかどうすることもできない状況もあるし。……でも、心には留めておく。それでいい？」

「……うん」

「まー俺の相棒は、一華ちゃんだしね」

「…………」

自分が言った言葉をまた揶揄され、しかし今ばかりは強く言い返せず、一華は不本意な気持ちを押し殺して天井を仰ぐ。

ただ、それでもなお、翠が出した答えに心から安心している自分がいた。

その日、家まで送ってもらった一華は、電池が切れたようにひたすら眠り続け、ようやく目を覚ましたのは朝方の五時過ぎ。

ほぼ丸一日経っていたことには驚きだったけれど、一華がそれ以上に衝撃を受けたのは、携帯に届いていた二十件を超える着信。

ある意味予想通りと言うべきか、履歴には、嶺人の名前がズラリと並んでいた。

「うーわ」

一華はたちまち眩暈を覚える。

留守電になにも入っていないところを見ると、どうやら緊急というわけではなさそうだが、おおかた、休みのはずなのに電話に出ない一華を心配したのだろう。

かといって、きっちり一時間ごとに続く二十件超の着信は恐怖でしかなく、すぐにかけ直そうという気にはならなかった。

一華はひとまず早朝であることを言い訳に、一旦メッセージだけで済ませてしまおうと、『多忙により休日出勤し、帰ってすぐに寝てしまったため電話取れずごめんなさい。また、本日も来週も大変に多忙です』という電報さながらの簡潔な文面を手早く作り、迷う前に送信を押す。

そして、ようやくひと息ついた瞬間、翠からメッセージが届いていることに気付いた。

翠にも心配をかけただろうかと慌てて開くと、表示されたのは、画面を埋め尽くす程の長文。

なにごとかと早速読みはじめると、最初の一行に「楠刃村の後処理についての報告」とあった。

その後に続いたのは、「協力者に依頼して、登山中に人の骨を発見したという体で通報してもらい、遺骨を回収予定」という一節。

さらに、「由衣さんの父親は下川と過去に交流があり、同じ楠刃村出身者とのこと。

十年前に病死」という調査内容に加え、子孫だから「神罰」の対象として狙われたのだろうという翠の考察も書かれていた。

読み終える頃には気がかりだったことがすべて解消され、なにもかも終わったのだという実感が込み上げてくる。

ただ、これまで翠からこんな報告書を貰ったことはなく、正直、少し驚いていた。

「にしても、たった一日でこんなに細かく……。こっちはずっと眠りこけてたっていうのに……」

そう考えると、メッセージが異様に長文だった理由は、一華を起こさないため一度の送信で済ませようとした配慮とも取れた。

着信地獄の嶺人とは対極的な計らいに、翠は意外と気遣いの人らしいと一華は密かに感心する。

そのとき、ふいにタマが姿を現し、ようやく起きてきた一華に安心したのか、頬に鼻を擦り寄せてきた。

「おはよう。心配かけてごめんね、もう大丈夫だよ」

背中を撫でると、タマは満足そうにゴロゴロと喉を鳴らす。そして。

「……でも、調査はしばらくいいや。穏やかに過ごしたい……」

心の底から湧き出たぼやきに、タマはゆっくりと瞬きを返した。

＊

「一華ちゃん、お疲れ！」

過去一危険で複雑だった楠刃村での調査を終え、数日が経ったある日。

一華が仕事を終えてクリニックを出ると、翠の姿があった。

「びっくりした……。なに、急に」

「今日はクリニックの中まで押しかけなかったんだから、そんな迷惑そうな顔しなくても」

「押しかけないのが普通なのよ」

「まあそう言わず。今日はたまたま近くで用があったから、調子どうかなって思って寄っただけだよ」

「なに、それ。別に普通だけど」

一華は冷たくあしらいながらも、本当は、翠がフラッとやってきた意図がなんとなくわかっていた。

おそらく、楠刃村ですべてが片付いた後、つい「落ち込んでる」と本音を零してしまった一華をいまだに気にかけ、様子を窺っているのだろうと。

それがわかっているからこそ、このしらじらしい登場が気まずく、そして妙に気恥ずかしくもあった。

「普通ならなによりだよ。ってか、お腹すかない？」

「私は別に。……じゃ、また」

「いやいや、付き合ってよ」

翠はどんどん先へ行く一華の後を、楽しそうに追いかけてくる。

おそらく、この極端な塩対応が演技であることも、見透かしているのだろう。

ならば続けても意味がないと、一華が立ち止まろうとした、そのとき。

「これからは、全部話すね」

突然の真面目な声色に、思わず心臓が跳ねた。

「……なんの話」

やはりあの話題だと、強引にシラを切った一華の声が、わかりやすい程に動揺を帯びる。

しかし、翠はいつものようにからかうことなく、むしろ心配そうに一華の顔を覗き込んだ。

「変な誤解をされるくらいなら、全部話した方がよかったなってずっと後悔してて。あのときの一華ちゃんの表情を思い出したら、なんていうかこう、良心が……」

「も、もういいから、そんなの何度も思い出さないで。……別に、こっちはあんたが思ってる程気にしてないし」

「そりゃ気にするよ。もう一生あんなこと言わせたくないし」

「……まるで一生一緒にいるみたいな言い方するのやめて」

「でも、今後の結果次第では、一生一緒に調査するかもしれないわけだし」

「一生粘る気……？　さすがにどっかのタイミングで諦めてよ」

不満を零しながらも、本音を言えば、いつもの口調に戻った翠に一華は少しほっとしていた。

真面目に語る翠は、あまりに心臓に悪いと。

最近にいたっては、ふざけたことばかり言って楽しそうに笑う翠の顔を見ていると、心が勝手に緩んでしまう。

思いの外、翠の横は居心地がいいのかもしれない、――と。ふいに浮かんだ思いを、一華は慌てて心の中で否定した。

何度も自分に言い聞かせてきた通り、今の協力関係はあくまで期間限定であり、それぞれの望む未来は、まったく逆の方向を向いているからだ。

つまり、翠の目的が達成された瞬間に別離が決まり、それ以降はまったく関わりのない世界で暮らすことになる。

それは、最初からわかりきっている事実だった。

むしろ、協力を了承した頃の一華は、とにかく早く目的を達成し、この煩わしさから解放されるようにと願っていた。——はずだったのに。

今はなぜか、迎えるべき未来を想像した瞬間に胸が小さく痛んだ。

すでに取り返しが付かないくらい情が移ってしまったのだろうかと、一華は自分自身に戸惑う。

一方、翠は急に黙り込んだ一華に、こてんと首をかしげた。

「なんで黙るの？　もしかして怒った？」

「いや、……違う」

「それ、違わないときの反応じゃん。こっちは全部話すって宣言してるんだから、一華ちゃんも全部話してよ」

「なんでよ。あんたは勝手に宣言しただけだし、全部話せるわけないし」

「それはフェアじゃない……！」

「そもそも、最初からなにもフェアじゃなかったじゃない」

「ほら、やっぱ怒ってる。……なにか気に障ったなら言ってよ」

「だから、……本当に、怒ってるわけじゃなくて」

「じゃなくて？」

「…………」

聞かれても本当のことなど言えるはずもなく、けれどいつものように平静を保つこともできず、一華はいつになく不安定な情緒をただ持て余していた。

しかし、このままではさすがに翠が気の毒だと、渋々視線を合わせる。

そして。

「自分でも、よくわからないのよ。……ただ、少なくとも翠が悪いわけじゃないから気にしないで」

口を衝いて出たのは、思いの外、正直なひと言だった。

翠は一瞬キョトンとした後、ほっとしたように肩をすくめる。

「まあ、怒ってないなら俺は全然いいんだけど、……どうしたんだろうね。お腹すいてるとか？」

「…………」

「あ、いや、ごめん間違えた。……こういうこと言うから怒らせるんだ、俺は」

「……いや、合ってるかも」

「だからごめ……え？」

「案外、あんたの焼きそばで解決する気がする」

「……嘘でしょ」

一華にとっては正直ついでに零した本音だったけれど、翠はよほど意外だったのか、すっかり硬直していた。

その表情を見た瞬間、おかしなことを言ってしまったと、一華は途端に我に返る。

「……いや、だからって、別に解決してほしいわけじゃないんだけど」

なんだか居たたまれず、一華は不自然に視線を逸らし、自分の発言を引っ込める。

しかし。

「そんなんでいいなら、すぐじゃん」

ふいに、翠に手を引かれた。

「ちょっ……」

「事務所でいいよね？　とりあえず、俺にできることがあって安心したよ。にしても、作ってる本人が言うのもなんだけど、あれを気に入るなんてだいぶ変わってるよね。俺もう何十回も食べてるけど、もはやなんの感想もないわ」

「…………」

「まさか味音痴《おんち》？」

「……自分で言って虚しくないの？」

「別に、料理にプライドないし」

多少の誤解はあるものの、正しく理解してもらう必要もなく、一華は黙って翠の後に続く。

心の中では、あの焼きそばは、味はともかく温かいのだと、本人には到底言えない言葉をこっそりと思い浮かべていた。

やがて、翠は宮益坂の路地に入ると、奥のコインパーキングへ向かう。――そのとき。

「――一華」

ふいに背後から名前を呼ばれ、心臓がドクンと揺れた。

なぜなら、その声には、嫌という程聞き覚えがあったからだ。

なにかの間違いであってほしいと願いながら、一華はおそるおそる振り返る。――しかし。

「一華、その男は?」

そこには、一華の予想通り、冷たい視線で翠を睨みつける嶺人の姿があった。

「嶺……、なん……」

あまりの衝撃に、声が大きく震える。

嶺人が蓮月寺を離れ東京にいるなんて、絶対にあり得ないことだと思っていたからだ。

疑問は山程あるのにどれも言葉にならず、心臓がバクバクと鼓動を速める。

ただ、そんな混乱の最中でも、自分の家庭のことに翠を巻き込むわけにはいかないという思いだけはあり、一華は翠を逃がすための適当な説明を必死に思い浮かべた。――

けれど。

「嶺人くん、久しぶり」

当の翠は、信じられない程に平然と、嶺人に笑いかけた。

嶺人はさも不快そうに眉を顰める。

「……誰だか知らないが、ずいぶん馴《な》れ馴れしいな」

「覚えてないの？　二条院の水無月翠だよ」

「水無月、翠……？　というと、行方不明の……」

「うん。元気そうだね」

「こんな、ところに……」

絶句する嶺人と、ニコニコ笑う翠は、奇妙な組み合わせだった。

その会話を聞く限り、どうやら二人には面識があるようだと一華は思う。

とはいえ、あまり良好な関係でないことは、嶺人が醸し出す空気から、わざわざ確認するまでもなかった。

――そして。

嶺人はしばらく絶句していたけれど、突如一華の腕を引き寄せ、翠から引き離す。

「一華、この男と関わったら駄目だ」

これまでに聞いたことがないくらいに怒りを滲ませた声で、そう言い放った。

「ど、どうして、そんなこと……」

「この男との接点は汚点にしかならない。関われば、一華の人生に傷が付く」

「は……？」

あまりに無遠慮な言い草に、一華は呆気に取られる。

それと同時に、蓮月寺にいたころに日々積もり積もっていた違和感と居心地の悪さが、心の奥にじわじわと蘇ってきた。

昔から、両親も嶺人も、常に自分の家のことしか考えていなかったと。

ただ、抗議しようにも、嶺人を前にするとすべての気力が削がれてしまい、上手く声が出せなかった。

そのとき。

「あの狭い世界から一歩出たら、非常識なのは圧倒的に嶺人くんの方だよ」

まさかの言葉を口にしたのは、翠。

翠は呆然とする一華の手首を取り、ふたたび自分の方へ引き寄せた。

嶺人の手がするりと離れた途端、一華はようやくまともに呼吸ができ、深く息を吸い込む。

かたや、嶺人は怒りを露わに翠を睨んだ。

「……今、なんと言った？」

「嶺人くんの方が、一華ちゃんの汚点になりかねないって言ったんだよ」

「貴様」

「貴様なんて言葉も、一般社会ではまず使わないから気をつけて。まあ、俺は後継ぎだった頃も含めて、そんなの映画でしか聞いたことないけど」

「……私を、侮辱《ぶじょく》する気か」

「だからさ、妹といえど人の生活に急に踏み込んで、言いたい放題言って、しかも公衆の面前でこんな恥かかせて、侮辱してるのはそっちなんだってば。……少なくとも、一華ちゃんが混乱してるんだから、出直してよ」

急に矛先が自分に向き、一華はビクッと肩を震わせる。

すると、嶺人は我に返ったように瞳を揺らし、改めて一華と視線を合わせた。

「一華、連絡もなく来たことは謝る。つい乱暴な口調になってしまったことも。まさかこの男と繋がっていたなんて知らず、頭に血が上ってしまった。……ただ、これだけは聞いてほしい。……一華は知らなかったかもしれないが、その男は二条院から追放されたも同然の、なんの価値もない男なんだ。だから、こっちへ来て私と――」

「価値……？」

嶺人の言葉を遮ったのは、ほぼ無意識だった。

ただ、嶺人がさも当たり前のように「価値がない」と口にした瞬間から、心の奥の方にずっと抑え込んでいたものが、ふつふつと沸き上がった。

「一華、どうした。私が言ったことは事実だよ。二条院に見限られてしまった彼は、もう何者でもない」

「………」

「一華……？」

「それって、……私も、同じでしょう？」

「同じ？　なんの話を……」

「私だって何者でもない、ただの道具だもの」

嶺人の引き攣《つ》った表情を見た瞬間、これ以上はまずいと、大変なことになってしまうと、心の奥で妙に冷静に考えている自分もいた。

それでも、一度溢れはじめた感情は、どうやっても止められなかった。

「道具とは、どういう……」

「嶺人は一番わかってる癖に。私の利用価値は、立派な寺に嫁ぐ以外にないって」

「それは、思い違いだよ。私はそんな……」

「嘘。さっきみたいに他人の価値を自分の尺で測ってる時点で、説得力がないもの。私のことだって、本当はそういう目で見てるはず。……だけど、私は」

「一華」

「私は、絶対に、蓮月寺の道具になんて――」

「一華ちゃん」

翠から強い口調で名前を呼ばれ、一華は途端に我に返った。

同時に、魂が抜けたように呆然としている嶺人を見て、大変なことを言ってしまったと全身から血の気が引く。

途端に、激怒する両親の姿や、強引に連れ戻される近い未来が次々と頭に巡り、強い眩暈を覚えた。

しかし、そのとき。

「今日はこれ以上話しても、良くない方向に進むだけじゃない？」

緊迫した空気の中、翠がいたって普段通りにそう口にした。

そして、硬直している嶺人の肩をぽんと叩く。

「とりあえず、今日はもうやめよう。俺に言いたいことがあるならいつでも聞くし、別に逃げないから。……あ、そうだ、これ名刺ね」

翠は名刺を取り出すと、嶺人の手に無理やり握らせた。そして。

「じゃ、嶺人くん、また！」

まるで気心知れた友人にするように大きく手を振り、一華を連れてその場を後にした。

一華はもはやなにも考えられず、とりあえず手を引かれるまま呆然と歩き、やがてコインパーキングに着いた頃にようやく我に返る。

その途端、全身が小刻みに震えはじめた。

「どう、しよう……、なにもかも、全部、終わった……」

口に出すやいなや、心の中を絶望が埋め尽くしていく。

実際、嶺人にいろいろとぶちまけたことはまだしも、蓮月寺の道具になんてならないという発言は、致命的だった。

「一華ちゃん……？」

「私が少しずつ築いてきたものが、これで……」

「一華ちゃんって」

「なにもかも、全部、無駄に……」

「焼きそば、なに入れる？」

「焼きそ……は？」

「やっぱ豚？」

「…………」

あまりに空気を読まないその問いには、怒りすら忘れた。

しかし感情はぐちゃぐちゃで、意思に反して視界がじわりと滲む。

「いや、馬鹿なの……？　翠にはわかるでしょ……、私は今、焼きそばの具の話をしてとなんて……ない……


「なら、イカでいい？　なんか、無性にイカな気分だし。……ただ、俺一回も触ったこ
とないんだよね。あれってどうやって切……」

「だから、ふざけてる場合じゃないんだってば……！」

まったく会話が嚙み合わず、思わず声が大きくなった。

たちまち通行人の視線が刺さり、一華は慌てて俯く。——しかし、そのとき。

「無駄になんてならないよ。俺がさせない」

翠が静かに、しかしはっきりとそう言い切り、一華はふたたび顔を上げた。

「なに言っ……」

「蓮月寺の道具にもならない。なにせ、俺には君がいなきゃ困るんだから」

「…………」

驚きと戸惑いで言葉に詰まる一華に、翠はすっかり元通りの調子で満面に笑みを浮か
べる。

「大丈夫だよ、あの人ああ見えて結構ピュアで、扱いやすいし」

「あの、人……？　まさか嶺……」

「とにかく、君はなんの心配もいらない。嘘じゃないから、信じて」

「…………」

そんなのはなんの根拠もない適当な慰《なぐさ》めだと、心の中で強く反論している自分がいるのに、翠に「信じて」と言われた途端、動揺がスッと引いた。

まるで催眠にかけられたようだと、一華は思う。

そして。

「というわけで、イカでいい？」

「…………」

促されるままに頷いた瞬間、――これからどんな怖ろしい展開が待ちうけているかわからない崖っぷちの状況であるにも拘らず、限界まで膨らみきった不安が、温かく心地のよいものに塗り替えられていくような感覚を覚えた。

「了解、じゃあ大盛りね」

譬えるなら、翠が作る温かい料理のような。

この作品は文春文庫のために書き下ろされたものです。

DTP制作　エヴリ・シンク

文春文庫

その霊《れい》、幻覚《げんかく》です。
視《み》える臨床《りんしょう》心理士《しんりし》・泉宮《いずみや》一華《いちか》の嘘《うそ》2

定価はカバーに
表示してあります

2023年11月10日　第1刷

著　者　竹村《たけむら》優希《ゆき》

発行者　大沼貴之

発行所　株式会社　文藝春秋

東京都千代田区紀尾井町 3-23　〒 102-8008
TEL　03・3265・1211 (代)
文藝春秋ホームページ　http://www.bunshun.co.jp

落丁、乱丁本は、お手数ですが小社製作部宛お送り下さい。送料小社負担でお取替致します。

印刷・萩原印刷　製本・加藤製本
Printed in Japan
ISBN978-4-16-792126-2